地势坤，君子以厚德载物。

童亮
作品

总有些自由需要舍弃，
才能像人一样活着。

四川文艺出版社

图书在版编目（CIP）数据

明傀 / 童亮著 . — 成都：四川文艺出版社，2018.12

ISBN 978-7-5411-5117-0

Ⅰ . ①明… Ⅱ . ①童… Ⅲ . ①长篇小说 – 中国 – 当代 Ⅳ . ① I247.5

中国版本图书馆 CIP 数据核字（2018）第 153882 号

MINGKUI
明傀
童亮 著

策划出品 磨铁图书
责任编辑 梁康伟
责任校对 汪 平

出版发行 四川文艺出版社（成都市槐树街 2 号）
网　　址 www.scwys.com
电　　话 028-86259287（发行部） 028-86259303（编辑部）
传　　真 028-86259306

邮购地址 成都市槐树街 2 号四川文艺出版社邮购部 610031
印　　刷 三河市文通印刷包装有限公司
成品尺寸 146mm × 210mm 1/32
印　　张 9　　字　　数 160 千
版　　次 2018 年 12 月第一版　　印　　次 2018 年 12 月第一次印刷
书　　号 ISBN 978-7-5411-5117-0
定　　价 39.80 元

目录

第一章
夜　归

人一老，就容易变得话多。

外公就是这样。

所以很多人都避开他，除非要请他算运程八字，看吉日良辰。他擅长这个，而现在会看万年历的人没几个了。

人一老，能说话的人就少了，所以才有很多话积攒在心里，见人想说，见猫狗想说，见石头也想说。说一次还好，说两次、三次都是之前的重复，就惹人生厌。人老了没有新鲜的事情经历，没有新鲜的话可以说。

这里有句俗语，“剩饭炒三遍，狗都嫌”。外公就变成了那个被嫌弃的人。人们一听到他开始讲已经听了很多遍的话，就赶紧走开。

在画眉，只有一个人愿意跟他聊天，一聊就能从太阳落山聊到星辰漫天。那个人跟他年纪相仿，住在村后的半山腰上。后来那个人耳朵不行了，跟他说话没有反应。外公就更没有可以说话的人了。他们两人倒是仍然可以默坐到半夜，外公再摸着黑回来。为此外公常常挨骂，家里人怕他晚上绊倒摔跤。

外公跟我说，他已经是半截身子入了土的人，虽然还活在这世间，但跟这世间已经隔离，正走在去往地下的路上，又还没到达黄泉。

我听了很伤心，每次回去，就坐在他身边，听他说话，听他说我小时候听过很多遍的事情。

有一次，外公忽然跟我说，我没有给你讲过马家祖先的事情吧？

我还没有回答，外公就开始讲了。

他说，马家祖先刚搬到画眉这个地方的时候，这里非常贫瘠，田少土硬瘴气重。马家祖先有七个儿子：老大继承家产，种田打土；老二分了些次等田，勉强维持生计；老四没有什么可继承的了，于是下河捞鱼，天天吃鱼，最后溺水，被鱼吃了；老五一杆火枪，打天上的飞禽；老六一把钢叉，捕地上的走兽；到了老七这里，祖先想不出能让他维持生计的办法，于是跟他说，你去要饭吧，老七就成了叫花子。

我问，老三呢？

外公说，老三入了魔道。

魔道？我问。

外公点头说，是啊，所以祖先不认他，也不管他。

那时候不是常说“万般皆下品，唯有读书高”吗？怎么不让老七去读书，却要做叫花子？我问。

外公说，马家祖先原本在朝廷做大官，搬到这个地方是来避难的，怎么能读书？万一中了榜，被朝廷发现了，那还了得？

我问外公，朝廷为什么要抓马家祖先？外公说，那可说来话长了。马家祖先原名叫马千秋，在元朝时为朝廷大臣。至于官有多大，已经无法考据。因为后来避难，马家人对祖先为官的事情缄口不提，怕惹祸上身。

马千秋为官正直，得罪了不少人。后来有人上奏说马千秋的坏话，说“千秋”二字对应“万岁”，可见他怀有谋逆之心。皇上抓了他，他上奏说，名字是父母取的，不是自己取的，怎么能说我有谋逆之心？

皇上便放了他，但派人暗中监视。

马千秋为表忠心，也为了不牵连家人，一直在外当差，一年多没有回家。即使偶尔路过家乡，也绕道而走。

马千秋如此小心谨慎，朝中奸臣无可奈何。谁料祸起萧墙。

马千秋从小聪慧，二十多岁就入朝为官，为官两三年后，与名门之后、恩师之女余氏结婚。结婚后不久，马千秋就因“千秋”二字遭奸臣诬陷而被抓走。获释之后，他一直没回家，没与余氏团圆。

马千秋的母亲担心余氏寂寞，就三天两头叫她一起说话，如此过了一年多。

有一天，百无聊赖的马母叫下人唤了余氏来消磨时光，见余氏跨过门槛时步态异常，一只手扶住小腹，居然有怀孕的迹象！

虽然余氏处处掩饰，但马母是过来人，一眼就看穿了。

儿子一年多没有回家，儿媳竟然有了身孕！马母是又羞又恨。

但马母没有当面戳破余氏，她决定先隐忍下来，逮到时机将余氏与那男人一并捉了。

可是一连二三十天，马母没有发现蛛丝马迹。余氏的肚子却一天比一天明显了。

为了掩饰，余氏换了比以前宽松的衣服。

马母心中着急，天天晚上去余氏房子附近听动静，发誓要抓到那个让儿子名声受损的男人。

到了七月初七那天，马府里未婚的少女纷纷弄了一脸盆的水放在阳光下晒，晒两三个时辰后，便拿出绣花针来，轻轻地放在水面上。这时候，绣花针会如浮萍一样漂在水面上，不会立即沉下去。少女按照绣花针在水中影子的朝向以及漂浮时间的长短等现象，来检验自己的巧与不巧，以及日后的幸福程度。这叫作“漂针试巧”。因此，七夕那时又叫“乞巧节”。

马母坐在屋檐下，看那些不谙世事的少女丫鬟围着脸盆叽叽喳喳，仿佛一群落在地坪里的麻雀。

好巧不巧，余氏刚好从这里经过。

丫鬟们见了，拉住余氏，要余氏扔绣花针看看。

余氏道：“我是已婚之人，哪里还能玩这个？”

一个丫鬟说道：“老爷一年多没有回来了，夫人可以测算看看老爷什么时候能回来跟您团圆哪。”

马母和余氏平日里对下人很随和，所以与下人们比较亲近。

余氏不肯，说道：“这成什么体统。”

坐在屋檐下的马母说话了：“你就试试看，游戏而已，没什么体统不体统的。你不想念你的夫君，我还想念我的儿子呢。”

马母说“你不想念你的夫君”这句话，是因为心里有气，想点一点她，看她羞耻不羞耻。

余氏见母亲这么说了，只好接了丫鬟递过来的七根绣花针，轻轻地撒在了水面上。

丫鬟拍手笑道："夫人，好兆头啊！"

余氏看了看水面上的绣花针，皱眉道："这也看不出什么来呀。哪里有好兆头？"

屋檐下的马母情不自禁地抬起头来，眼睛往脸盆里看。绣花针首尾相连，弯成残月状。

丫鬟道："这是鹊桥呀。看来老爷今晚就能回来与夫人相见。"

余氏脸上一红，作势要打那丫鬟，笑道："你这张嘴欠打！"

这时，一根绣花针突然沉了下去，落在了盆底。

丫鬟脱口道："哎呀，不好！这鹊桥怎么断了？！"

余氏回头去看脸盆，脸色为之一白。

马母心里莫名其妙地跟着慌了起来。

丫鬟自觉失口说错话，赶紧在自己脸上打了两巴掌，给余氏和马母道歉："看我这张嘴瞎说！"

余氏撑着笑脸说道："游戏而已，当不得真。"说完，她反身回房，却连步子都乱了。

其他人见马母的脸色也不好看，赶紧捞起绣花针，将盆里的水泼了，各自去忙各自的事。

七月初七那天晚上，马母吃晚饭的时候就嚷嚷说头疼，然后早早睡下了。她不是真的头疼要睡觉，而是做给余氏看，让余氏放松警惕。

马母睁着眼睛躺了一个多时辰，估摸着时间差不多了，轻手轻脚地穿好衣服起了床，借着清冷的月光，踩着潮湿的地砖，来到余氏的房门外。

余氏的房间里没有点灯。马母站在墙角听，也没有听到一点声音。

马母正要走，却听到屋里余氏小声说：“你快走吧，家里人起疑心了。”

马母顿时怒从心起，撞门而入。

马母责骂的话还没有说出口，就咽了回去。因为屋里跟儿媳说话的人不是别人，正是她日夜思念的儿了马千秋。

马千秋惊讶道：“娘，您怎么来了？”

马母抓住儿子衣袖，一边抹眼泪一边说：“儿啊，你回来了怎么不告诉为娘的一声？”

马千秋道：“请娘亲谅解。儿子如今是戴罪之身，回家不敢声张，怕落奸佞之人的口实。只能趁黑偷偷地来，趁天明之前偷偷地去。”

马母疑惑道：“外面没有马，也没有车。我听人说你最近在二百里之外的营地值勤，你是如何在夜间回来，又在天明前回去的？”

马千秋道："天机不可泄露。"

马母不信，忧心忡忡道："儿啊，你蒙骗娘亲，娘亲舍不得责罚你。你蒙骗朝廷，脱离值守，那是杀头的大罪呀。"

马千秋无奈，只好告诉马母："我骑的是竹马，来回四百里只需一时三刻。"

马母更不相信了，问道："那竹马在哪里？"

马千秋道："在房门后的墙角落里。"

马母转身，看到门后的角落里立着一根竹竿。

马母哑然失笑。马千秋小的时候常常将一根竹竿夹在两腿之下，在地坪里东奔西跑，说是在骑马。他还喜欢要大人跷起二郎腿，他坐在跷起的那条腿的脚背上，要大人不停地晃动脚，他则大喊："驾驾驾！"

这里其他的小孩子也喜欢这么玩。

马母以为儿子在跟她开玩笑。

"你都这么大了，还玩这种儿戏？"马母既生气又觉得好笑。

马千秋说道："娘，儿子真的是骑这个竹马回来的。"

马母根本不相信儿子的话，拿了竹竿，出了门跨腿就骑。她要试试儿子说的是真还是假。

马千秋大喊："使不得！"可是已经拦不住母亲了。

马母刚跨上竹竿，那根竹竿就“啪”的一声响，如同过年过节放的爆竹一般，全部炸裂。竹竿刹那间变成了几条竹片。

余氏的房间后面有一个竹园。那是马千秋小时候常去玩的地方。

竹竿的炸裂声刚响，后面竹园紧接着响起一片炸裂声。

马母看见屋后高高的竹子迅速弯了腰，成片地倒了下来。

马千秋和余氏追出门来，但为时已晚。

余氏跺脚道：“完了完了。今天她们要我丢绣花针，我不该听的。要是那绣花针不沉水里去，就不会有事。”

马千秋也急得团团转，说道：“明日一早我若不出现在营地，那就露馅儿了！那些奸佞之人不知道又会造出什么样的谣言来害我！”

马母这才发现自己犯下了不可挽回的错误。

余氏道：“没了竹马，你就骑一匹真马连夜赶回营地，行不行？不是有句话叫‘日行千里，夜行八百’吗？不是千里马，跑四百里总是没有问题的吧？”

马千秋摇头道：“大元是在马背上取的天下，所有骏马良驹，都被征用了。民间有马，也是劣马。”

马母赶紧说道：“儿啊，家里确实有一匹马，平时驮粮拉货。你骑了去，四条腿总比两条腿要快！”

马千秋想来想去，没有别的办法，只好立即骑马赶路。

那马毕竟不是战马，马千秋没能在天明之前赶回营地。

营地监视他的官员见他不在，立即飞鸽传书，说马千秋逃离营地，恐怕是偷偷回了家乡，试图起兵造反。

皇帝此前不相信奸臣的话，这次得知马千秋离开营地，加上奸臣在耳边添油加醋，于是下了旨意，要将马千秋的脑袋带到京城来。奸臣派出一个绝顶的飞刀高手，命他半路截下马千秋，以飞刀取其头颅，然后带回京城。

马千秋赶到营地，得知圣旨已下，夺命的飞刀高手已经在路上，自知生还无望，挥泪与同朝为官的朋友告别。

朋友劝他趁早逃命。

马千秋道：“若是我逃走了，你就有包庇之罪。我家中老母，有孕在身的妻子，都会因我而死。我岂能独活？”

朋友道：“你上京城去面圣，说不定圣上念你劳苦功高，从轻发落。”

马千秋道：“飞刀高手已在路上，就是不给我面圣辩解的机会。”

朋友道：“那你就在这里坐以待毙吗？”

马千秋道：“我骑马去京城。”

朋友不解道：“坐以待毙也就罢了，你明知飞刀高手已在路上，还要求速死不成？”

马千秋道：“伸头是一刀，缩头也是一刀。对了，你帮我弄些竹子来。”

朋友问道：“都这个时候了，你要竹子干什么？”

“天机不可泄露。你帮我弄来就是了。”

朋友帮他弄来一些竹子。

马千秋谢过朋友，抱着竹子骑上马，便往京城的方向去了。

过了半日，朋友不放心，差了个小兵去打探消息。

傍晚时分，小兵回来了，禀告说，尚未到达京城，他就看到了马千秋的马，马上坐着一个没了脑袋的人。

朋友号啕大哭，命小兵给马千秋家里报信。

马母得到马千秋遇难的消息，捶胸顿足，后悔莫及。余氏当场昏厥过去。

我问外公，营地监视马千秋的官员飞鸽传书到京城，京城的飞刀高手还在路上，马千秋怎么会知道自己已经生还无望？再说了，在那个朝代，谋反是诛九族的大罪，皇上又怎么会只杀马千秋一人？

外公说，那时候马家祖先还不在画眉这个地方，马家与京城没有现在的画眉到京城那么远。营地在马家与京城之间，离京城更近，所以消息传得快。再说了，谁没有几个朋友？马千秋在朝中并不是孤立的，有人给他传消息。皇帝没有下令诛九族，是因为皇帝对马千秋将信将疑。马千秋是六七百年前的人，那时候发生的事情，在我们现在看来不合理，说不定在那时候就是合理的。有些事，你跟我说，我又跟别人说的时候就不太一样了。

我本来还有一些疑惑，听外公这么说，就不问了。

外公接着说，老马识途，这句话不假。驮着无头尸体的马一直往回走，要将主人送回来。沿路的百姓见了，纷纷避让。朝廷杀他本来是保密的，那时候汉官地位低，能做官的也很少。但朝廷有些地方还要用到汉官，怕马千秋一死，做官的汉人心中记恨，就不敢做官了。那时候元朝的统治已经不太稳定了，显现出了大厦将倾的势态。

此事一出，百姓很快知道朝廷杀了马千秋，知道得比京城里的皇帝还早。

飞刀高手取了马千秋的项上头颅便打马回京。谁知时间晚了一些，城门已关。飞刀高手进不去。

等到第二天早上，飞刀高手进城禀报时，京城里早已议论纷纷，谈说无头的马千秋骑马回家的怪事。

飞刀高手提着装了马千秋头颅的盒子要见下令的奸臣。谁知奸臣一大早就上朝去了。

等到奸臣回来，奸臣说皇上已经得知民间议论马千秋被杀的事，不用看马千秋的头颅了。

飞刀高手问奸臣要不要验证。

奸臣说：“你飞刀天下第一，从未失手。我要是验证，就是信不过你。我要是信不过你，就不会用你。你自己处理吧。”

飞刀高手便将盒子埋在了城郊外。

马母得知噩耗后，一面叫家里信得过的人沿路去找那匹马，一面叫木匠用木头按照马千秋的样子雕刻了一个假头颅。等马和尸身到了，马母将假头颅和尸身装在一起，摆了七天灵堂，然后埋葬了。

埋葬马千秋后的第二天夜里，马母端了一碗粥去看余氏。

下人告诉马母，老爷下葬之后，余氏一整天没有吃一口饭，将自己关在房间里，谁敲门都不应。下人担心余氏想不开，赶紧来马母这里问主意。

马母便叫下人弄了一碗粥来，她亲自送过去。这样的话，余氏不会不开门。

马母走到余氏的房门外，忽然浑身一颤，盛粥的碗差点从手里滑落。

下人赶紧扶住她。

她闭上眼睛，定了定心神，然后问道：“门边那根竹竿是谁放的？”

下人说：“不知道。”

马母道：“你们都走吧。她看到你们跟来，难免难堪。我一个老母亲跟她说说话，她不好不见。”

下人按马母的吩咐走了。

马母回头看了看，走到余氏的门前，敲了敲门，轻声道：“你要怪就怪我吧。我千不该万不该碰他的竹马。你肚子里还有马家的血脉，饿不得。我端了一碗粥来，你好歹喝两口。要是他还在，也会为你着急的。”

门没有开。

余氏在屋里说道：“多谢婆婆牵挂。粥让下人送来就是了，何烦婆婆亲自跑一趟！您把粥放门口吧，待会儿我自己取。”

马母斜眼瞥了一下门边的竹竿，又道：“我听人说，人去世七天之后，魂魄会回到家里来看一看。若是我儿回来，必定先来看你，那时你跟我儿说说，母亲也想他，叫他别忘了跟我见一面。”说着，马母泪如雨下。

这时，马母面前的门轻轻打开了。

余氏见马母身后没有人，挽住马母的手道：“婆婆快进来。”

马母跨进门，眼睛四处看。

果不其然，一个人影从屏风后面走了出来，低声叫道：“娘！”

马母一惊，盛粥的碗从手中滑落，摔在了地上。

“你……是人是鬼？”马母颤巍巍地走到那个人影身边，手往那个人身上又摸又捏。

余氏在旁小声说道：“是人，是人！他怕吓到您，本来不让您进来。您在门口说，要是他回来的话，叫他跟您见一面。他就忍不住了，让我把您扶进来，别让别人看到。”

马母张开双臂，抱住马千秋，哭泣道：“我儿有福气，大难不死！菩萨保佑！佛祖保佑！”

马千秋道：“是竹子保佑了我。”

马母问道：“竹子如何保佑得了你？”

马千秋道：“那个无头尸身不是我的尸身，被带到京城去的头颅也不是我的头颅，是竹子编的头颅。”

马母又喜又疑，问道：“我听人说，是飞刀高手拿了你的头颅，难道飞刀高手分不清头颅是真是假吗？”

马千秋道：“朝中有我们的人。那飞刀高手就是其中一个。我让那个假尸身骑着马回来，是为了让沿途百姓看到，将我被杀的事情传扬开来，让朝廷不看到我的头颅也认定我已经被砍了头。”

马母激动地点头说道：“那他是我们马家的大恩人，我要上京城去当面感谢他，给他磕头。”

“娘，您是不是糊涂了？您去感谢他，就是让朝廷知道他跟我是一伙的。”马千秋道。

马母抹泪道：“对，我是糊涂了。高兴得糊涂了。”

马千秋道：“娘，我这次回来，是要带你们一起离开这里。要是不离开这里，我迟早会被朝廷的人发现。”

“我们去哪里？”马母问道。

“我们一直往南走，走到可以隐藏下来的地方为止。”

“好，好，好。”马母连连点头。

马千秋道：“娘，您在门口说那样的话，是不是已经知道我回来了？”

马母道：“儿啊，我在门口看到了竹竿，就感觉是你回来了。你小时候淘气，喜欢骑着竹竿到处跑，像骑马一样。吃饭的时候，睡觉的时候，竹竿就扔在门边的角落。”说着，马母又哭起来。

余氏掏出手帕，给马母擦泪，说道：“婆婆别哭，这不是回来了吗？”

马母问道：“儿啊，你说送到京城去的头颅是假的，我信。可你骑着竹竿能跑二百里地，这是怎么回事？莫非那竹竿成了精不成？若是成了精，怎么我一碰它就炸裂了呢？难道它还认生？”

马千秋说道：“听说过狐狸成精，没听说过竹子成精，何况是砍下来的竹竿？那不过是儿子弄的一点小戏法。那竹竿是烘干了的，里面装了少量火药，用的时候不得法，就会炸裂，并不是认生。”

“那你是怎么骑的？屋后的竹子怎么也炸了呢？”马母瞪着眼睛问道。

马千秋道：“娘，这些事情一时半会儿说不完，我以后再跟您说。您赶紧先去收拾细软，准备跟我离开这里。您一定要假装没见过我。这事若是被朝廷发觉，皇帝必定震怒。那时候天罗地网，我们将上天无路，入地无门。救命恩人也会受牵连。后果不堪设想！”

马千秋本来是不想让母亲知道他还活着的。一是怕母亲掩饰不住，泄露消息，牵连救命恩人；二是逃难之路必定艰难辛苦，怕母亲经不住折腾。可是母亲在门口说那番话的时候，他在屋里听得心肝俱裂，于是改了主意。

马母走后，余氏问马千秋：“你为什么不告诉婆婆竹竿的真相？”

马千秋道：“若你不是师父的千金，从小就知道真相，我也不会告诉你。”

马母出门的时候，又瞥了一眼门边的竹竿，顿时走路都蹑手蹑脚了。她感觉那根竹竿是个靠墙睡着了的人，生怕经过的时候惊醒它，让它炸裂了。

走过之后，她还是忍不住想，一根竹竿怎么可以当马骑？还跑得那么快？马千秋这孩子从小喜欢跟竹子打交道，除了把竹竿当作马，还削竹为剑，常常不是戳伤自己就是戳伤别人。手指和脸常常被划破，似乎从没有完好的时候。

后来他又学做风筝，将竹子削得极薄，比别人的风筝飞得高。最让她惊奇的是，马千秋曾用竹子做过一个小蝗虫，那蝗虫被风一吹就会蹦起来，跟活的一样。害得他父亲一巴掌拍过去，被竹篾扎了手。

那次他父亲特别生气，将马千秋吊起来打，责怪他不好好读书，尽搞些歪门邪道。从那之后，她就没有见过马千秋玩竹子了。不过她心里清楚，这孩子依旧偷偷地玩。她给马千秋整理床铺收拾衣服的时候，发现床底下衣服上有竹屑，像是被虫蛀坏了一样。他怕父亲发现，将用过的竹片竹篾磨成了粉。她见孩子如此喜欢这个，就没有告诉丈夫。

后来丈夫英年早逝，她以为孩子会无所顾忌，可是孩子依旧隐藏，就像他父亲还在世一样。

想到这里，她在心里埋怨早早离开的丈夫。朝廷如此险恶，当初还不如让孩子玩竹子，哪怕当个篾匠或者木匠，都比当官要好。可丈夫在世时天天在嘴上念叨的是“万般皆下品，唯有读书高”。高什么高呀，这下糟了糕，要背井离乡逃难去了。

马母回到自己的房里，准备收拾细软，想来想去，不知道该带什么，不该带什么。于是，她坐在床沿，犹豫不定。

这时候，一个下人走了进来，问余氏喝了粥没有，喝了的话，她去把碗收回来洗。

马母道：“明天再说吧，你帮我点上灯就去歇息，叫其他人也下房歇息。这几天家里事情多，你们都忙累了。好在事情总算完了，你们好生休息。”

下人下去后，马母也感觉有些累，靠在床边闭目养神。这几天她是最累的，身心俱疲。

眯了一会儿，马母忽然听到门口那边有脚步声。

还没睁眼，她就听到马千秋的声音。

“娘——”

马母一阵心慌。这孩子！明明知道自己不能被人发现，怎么还跑到我这边来？

她吓得立即站了起来，朝门口那边看去。

马千秋站在门口，远远地看着她。脸上的阴影随着灯光的晃动而跳跃。身后的影子拉得很长，如鬼魅一般。

“儿啊，你怎么来了？”马母往门口走去。

马千秋站在那里不说话。

马母走到房中间，停下了脚步，不可置信地看着门口的马千秋。

“儿啊，你不是死了吗？不是被人砍掉了脑袋吗？你怎么会来这里？是不是有怨气啊？是不是想娘了啊？”马母张开双臂，露出悲戚的表情，继续往门口走。

“嗯——”门口的马千秋应了一声。

马母一把抱住他，大哭道：“儿啊，你死得好冤哪！你是想念妻子、母亲才回来的，那些奸臣却说你有谋逆之心！你小时候下厨房都不敢杀生，你怎么会谋逆？知儿莫若母，无论别人怎么说你，做母亲的最知道你是什么样的人哪！”

马母摸了摸马千秋，生硬无比，翻开衣服一看，原来是一尊木雕，底下有轮子，可以推动。

马母一推那木雕，木雕往后退了一些。

马母明白了，这木雕是被人推进来的，目的是试探她的反应，看看她是不是认为她儿子已经死了。刚才她若是跟儿子搭话，说起逃难的事情，那就露馅儿了，说明她儿子并没有死。

试探的人虽然按照马千秋的样子雕刻了这个木雕，但还要借助昏暗的灯光才能骗过马母。那人应该知道，马千秋的声音马母一听就知道真假，即使模仿得惟妙惟肖，也难免出纰漏，所以刚才只发出两次简单的声音，企图蒙混过关。

马母确实上当了，好在走到一半，她发现这个“马千秋”的耳下没有痣。而她的儿子耳下是有一颗痣的。她立刻明白了，这是一个陷阱，是来寻找她的破绽的。于是，她装作以为儿子的冤魂回来了，抱住“马千秋”大哭。

她料定朝廷奸臣对马千秋的死还不放心，但又找不到马千秋还活着的迹象，所以从她的身上寻找线索。

就在她思索前因后果的时候，木雕后面出现了几个人影。

马母惊得大喊：“来人啊！”

那几个人影居然就地一缩，变成了几只蝙蝠，张开翅膀，从门窗飞了出去。

马母见状，吓得大叫道：“蝙蝠！蝙蝠！”

下人听到马母的叫喊声，赶紧从各自房间奔跑过来。

其中一个先出来的下人看到从窗户那里飞出来一只蝙蝠，顺手抄起一把竹耙子，那是他平时用来上山扒柴火的工具。

外公讲到这里，问我，你知道竹耙子吗？

我说，知道，知道，小时候我还用你做的竹耙子去林场扒过虫毛。

这边方言里，把掉落的松针叫作虫毛。可能是因为松针跟某种虫的毛长得相似。我小的时候，很多人上山去扒柴。扒树上的枝，要用镰刀；扒地上的叶，就要用竹耙子。竹耙子形状如一只弯了手指的手，那是用削薄了的竹片经火烤后折弯的。

外公说，那个下人就是用竹耙子把最后一只蝙蝠打了下来。

“打了一只！”下人大喊，用竹耙子摁住蝙蝠，怕它跑了。

马母和其他人赶过去看。

一个大胆的下人伸手去捉，一抓，那蝙蝠就变了形。

下人提起来一看，说道：“这不是蝙蝠，是风筝。”说完，他又改口道，“这看起来也不像是风筝啊！”

有人提了灯笼来看，那“蝙蝠”是由黑布和木片做成的，还有一截断了的线缠在竹耙子上。

“你不是打到了‘蝙蝠’，而是打断了这根线，它才掉下来的。”提着灯笼的人说道。

“真是奇怪，怎么有人夜里放风筝？”提着竹耙子的下人说道。

马母迷惑不已，说道：“不只是放风筝，还弄了一个木头像到屋里来了，跟人一般大小，吓了我一跳。我还以为是你们老爷回来了！”马母一边说，一边看每个人的表情。她有种感觉——千防万防，家贼难防。这些人里应该有奸臣的内应。不然那么大的木雕不会在所有人不知不觉的情况下进入她的房间。但天色太暗，灯光不明，她看不出哪个人有嫌疑。

众人跟着马母回到屋里。

马千秋模样的木雕已经不翼而飞。

地上有两道印子，那是马母推动木雕的时候留下的。除此之外，地上没有其他痕迹。屋里的东西一切如旧。

“不会是见鬼了吧？”一个下人低声说道。

“把灯给我都点起来。鬼是怕灯光的，看它往哪里跑！”马母吩咐道。

下人将屋里的灯都点亮，但仍然没有找到其他可疑的痕迹。

马母自然不相信刚才是见了鬼。她想了想，刚才推动木雕的时候，感觉木雕比较重。要快速地将木雕移走，那必须有强劲的力量。刚才那些假蝙蝠都是以绳索牵引的，那么木雕也极可能是用绳索牵引的。唯有这样，地上才不会留下痕迹。

十几个下人里，一半男一半女。

马母心想，女人柔弱，肯定弄不动沉重的木雕。

于是，她心生一计，在椅子上坐下，镇定道："依我看，今晚不是撞了邪，就是遭了盗贼。我房间还有一些值钱的东西，你们几个来帮我搬动一下，挪个地方，免得被偷了。"她点了几个人，都是身强力壮的男人。

"让我看看你们的手掌心，待会儿别把我的东西弄脏了。"马母又说道。

用绳索快速移走沉重的物体的话，手掌心必然会留下绳索勒过的红印或者破皮的伤口。

马母将那几个人的手掌心看了看，居然没有发现哪个人手上有红印或者伤口。莫非另有他人？马母有些糊涂了。

马母让那几个人随便搬一些东西到另一间房子里，然后自己赶紧去余氏那边看看。

马母走到余氏门前的时候，看到门前的台阶中央有一只蝗虫盯着她。那只蝗虫跟马千秋小时候做的几乎一模一样。在夜风的吹拂下，蝗虫头上的两根细须微微颤动，如同新生的小草。

她还没有敲门，门就开了。

门后却没有人。

马母心中一慌，赶紧走进去。从蝗虫身边经过的时候，那蝗虫仿佛受了惊，倏忽一下蹦到屋檐下的草丛里去了。

一进门，马母就听到余氏说：“我听到您那边的声音了，但没敢过去。”

马母回过头来，看到余氏躲在门后。难怪刚才没有看到她开门。

马母放下心来，将门关上，说道：“幸亏你没有过去。”

这时，马千秋也从黑暗中走了出来，问马母怎么回事。

马母将前后经过讲了一遍。

马千秋道：“幸亏娘心思过人！朝廷的人不会那么轻易放过我的。”

马母忧心道：“他们起疑心啦？”

马千秋笑道：“娘放心。我不会让他们发现的。不过刚才您犯了一个错误。”

马母一惊，问道：“什么错误？不会连累我儿吧？”

“不会。我说的是，您不应该只看那几个人的手掌心。还要看看其他人的手掌心。”马千秋说道。

马母不以为然道：“女子哪有这样的力气？”

“那木雕虽重，但是能做出假蝙蝠的人，必定会类似奇技淫巧的东西，以四两拨千斤。即使是个女子，也可以将木雕移走。不过依我看，那时木雕还在房内。”马千秋道。

“还在房内？那么大的东西，我怎么没有看到？”

“木雕必定吊在房梁上，以黑布遮掩。这样的话，如果不抬头看且早有猜疑的话，一般看不出来。”

马母转身要走，咬牙道：“我现在就去，非抓出这个家贼不可！”

马千秋拉住她，摇了摇头，说道：“现在去恐怕是晚了。木雕有足够的时间移走，手上的痕迹也有足够时间让您看不出来。”

“她是妖怪不成？还能使障眼法让我看不出来？”马母道。

马千秋道：“娘，那些人可比妖怪厉害多了。万万不可掉以轻心。眼下您先回去，假装什么都不知道，等到深夜，您略作收拾，明天白天，您还是一切照旧。等到明天晚上，我会带你们离开这里。明晚之前要是没有什么事，就万事大吉。要是出点什么事，就万事休矣。”

马母双手抓住马千秋，惊恐道：“儿啊，刚才他们用木雕吓我一跳，差点露了馅儿。我可经受不住这么多考验啊。都怪娘多事，早知道不该进这里来，什么都不知道就好了。要不……儿啊，我们今晚就走，什么都不带，我也没有什么要带的。娘什么都可以没有，但不能没有你啊。”

马千秋扶着马母的肩膀，生怕她倒下，说道：“今晚走不了。儿不是说走就能走的，还要有点时间准备。”

马母流下泪来，抬手擦眼角道：“儿啊，你在朝中得罪了什么人，他要逼我们马家到如此地步？”

马千秋微笑道：“娘，自古黑白两道不相容，不是非得谁逼谁。有的人在朝中掌握权力，害怕别人夺去，所以要将知道他秘密的，可能威胁到他的人清除。”

马母又问道：“你知道了什么了不得的秘密，以至于官位不保，命在旦夕，还要亡命天涯？”

余氏在旁劝道：“婆婆别问了，刚才您还说不该知道儿子回来的，现在问了，岂不是又要担惊受怕？”

马母抹泪道：“你说得是。为娘的知道了也担心，不知道也担心。这可如何是好？”

余氏道：“眼不见为净，耳不听为清。您不看不听，反而清净。”

马母点头道：“好吧，好吧。我这就回去，免得待久了又惹人生疑。”

回身走到门口，马母忽然想起一个问题来：“对了，那人为什么从我那里找破绽，却不到你这里来？”

马千秋道：“不是不来，是不敢。”

“我是女人，儿媳也是女人。平时我脾气还要暴躁一些。为何独独不怕我，却怕她？”她看了看一脸温顺，嫁到马家后似乎从来没有发过脾气，没有大声说过一句话的儿媳余氏。就在说出这句话的一瞬间，马母觉得自己对在同一屋檐下生活了几年的余氏还是太不了解。

第一次对余氏产生这种感觉，还是余氏第一天进马家的时候。那是儿子的大喜日子，她感觉自己比儿子还要高兴。

儿子跟着师父读书多年，与余氏算得上是青梅竹马。但是马母见余氏的面少之又少，就跟着媒婆走过两趟，还是隔着好远的距离大概看了看余氏的模样。

为了提亲，马母也伤过脑筋。她找的第一个媒婆说什么也不愿意做这个媒。问媒婆为什么，媒婆说，那个余家闺女恐怕是入了魔道。

马母听了这话，吓了一跳。她虽然不信邪，但觉得媒婆不会无故信口雌黄。何况余家在朝廷有一定势力，她马家也不是一般人家。换了其他媒婆，怕是要抢着做这个媒。

媒婆见马母将信将疑，便说出缘由来。

原来这个媒婆以前给余家闺女提过亲，看上余家闺女的，是另一个大户人家。

鉴于余家是名门望族，提亲的人多那是再自然不过。马母并不介意。

媒婆说，她受了那户人家之托，去余家提亲。余家老爷将女儿视若掌上明珠，说只要女儿同意，他就同意。余家老爷就这么一个独生女儿，这种态度谁都能理解。但不能理解的是，那闺女的表现太古怪。

马母问，如何古怪？

媒婆说，那闺女应该是遭了狐狸精上身，见了人就发笑，问她愿不愿意，她既不说愿意，也不说不愿意。我心想，这闺女是不是犯了癔症，等下回再来。走到门口的时候，我脑袋后面被小石头打了一下，回头一看，你猜怎么着？

马母紧跟着问道，怎么了？

媒婆说，她居然站在楼上拿小石头扔人！扔中了就拍手大笑。您说说看，余家老爷学富五车，在朝廷有头有脸，怎么会养个这样不知礼节的女儿？定是狐狸精上了身。不单单是我，好几个媒婆帮其他门户提亲，所见所闻跟我一样，后来都不去余家提亲了。您说说，这样的闺女哪个人户人家还敢要？

马母心里犯嘀咕：我儿千秋怎么就看上了这样一个疯女人呢？

媒婆又说，令郎怕是中了狐狸精的迷幻术。您要是不信哪，可在他们结婚那天，在门前立一根竹竿，要求新娘子爬上竹竿才可入门。

马母问，这不是难为她吗？跨火盆多好。

媒婆窃窃道，您不知道呀，最近到处闹魔道，人心惶惶的。跨火盆当然少不了，但好多办新婚的人家都用竹竿试新娘子。

马母问，能试出什么来?

媒婆道，要是新娘子正常，怎么爬都爬不上去。被狐狸精上了身的新娘子爬得飞快!

马母心里留了个意，还没去提亲，就把竹竿准备好了。

但是没过多久，马母就忘记那根竹竿了。

因为她跟着请来的另一个媒婆去余家提亲的时候，发现余家闺女不仅长得好看，还举止大方、言语得体，完全不是先前那个媒婆说的那样。

她打心眼儿里为儿子能娶到这样的女人而高兴。她甚至担心儿子错失这样的女人。

幸好后面顺顺利利，余家老爷很快就代替女儿应允了。

马母要问余家闺女的生辰八字，余家老爷摆手道："不必，您的儿子是我的学生，我知道他的生辰八字，我早给他们算过了。难道您能找到比我还会算八字的不成?"

于是，送过聘礼之后，婚礼很快就定了下来。

让马母没有想到的是，婚礼那天那根竹竿不知被谁立在了大门前。

后来她才意识到，那时候家里就有内鬼了。

新娘子的花轿到了门口，人们就吆喝着要新娘子爬竹竿。

新娘子下了花轿，将红盖头摘下，轻轻一跃，顺着竹竿一下子就爬到了顶端，然后又迅速下来，稳稳落在地上。

围观的人们愣住了。其中很多人并不知道竹竿的意义，只是被新娘子的敏捷惊到了。

马千秋却鼓起掌来，大声叫道："好！"

其他人赶紧跟着鼓掌喝彩，如同看杂耍。

马母那时在里面忙，无暇去外面看。等到下人将所见所闻说给她听的时候，她只觉得这个儿媳恐怕没有那么简单，但因为不信那个多嘴媒婆的话，也就不信竹竿考验的作用。

此时听儿子说那些人不敢来儿媳这边，心中暗想，莫非那个多嘴的媒婆说得在理？莫非儿媳是狐狸精上身，那些人有所畏惧？可是如果儿媳真的是狐狸精，那这些年她怎么不作妖？自她嫁入马家以来，贤良淑惠，温柔孝顺，马母挑不出任何毛病。只在发觉儿媳有孕而儿子不在家的那段时间，马母怒火中烧，最后却发现是自己错怪了儿媳。

想来想去，从来都是自己对余氏猜来猜去，不曾想过她竟然为这个家里担当了这么多。是不是狐狸精，又有什么关系？她能在儿子发生这种事情后保持镇定，想必对儿子身后的秘密知之甚多。

可是他们夫妻俩保守的是一个什么样的秘密呢？这个

秘密必定不简单。马母想知道，又怕知道。

马千秋对马母说道："娘，等咱们渡过了这次劫难，您自然就知道了。现在我还有事情要做，耽误不得。"

马母见儿子这么说，赶紧出来，回到自己那边去。

走到木雕出现的地方，马母见该搬的东西搬好了，就让下人们回去歇息。

下人担心道："要不我们在外面候着，有事您唤一声？"

马母摆手道："你们也累了，还是下去歇息吧。"

想了想，马母对众人说道："听说狐仙度劫之前会做一些善事，到了度劫的时候，上天或许有恻隐之心，让它度劫容易一些。马家人平日里对各位如何，各位心里清楚。如今马家遭难，也望苍天有眼，不至于把老身逼到无路可走的地步。"说着说着，马母潸然泪下。

她不能直说家中有贼，只好借狐仙度劫的说法，暗示家贼看在往日情分上手下留情。

有些下人不知其中缘故，纷纷安慰马母不要焦心。

下人出去之前要灭灯。马母拦住，说道："让灯都点着，灯笼也别拿走。"

下人以为马母害怕，又在大门口挂了两个大灯笼。

等下人们都走了，马母摘了一个灯笼，爬上椅子，再爬上桌子，提着灯笼往房梁上照。

经年累月，房梁上黑色的灰尘已经遮住了红漆。

就在木雕留下痕迹的正上方的房梁上，马母看到了几道明显的白印子，就仿佛一条蛇缠绕在那里！

马母吓了一跳，差点从桌子上摔下来。

儿子果然说得没错。这人比妖怪还要可怕！

儿子的命名义上在朝廷手里，实际在这个人手里。这个人若是发现她的儿子还活着，就会要了儿子的命。这个人若是发现不了，朝廷也就无从得知真相。

下了桌子，马母坐在椅子上，那颗心还在突突突地跳，几乎要跳出来，离她而去。

坐了一会儿，马母将灯笼挂回原处，回到床上。

月亮刚好在窗口她能看到的地方。

马母见了那惨白的月亮，心里又一慌，仿佛那月亮也是一只注视她的眼睛，要看出她哪里异常。

马母起身去关上窗，心中默念道：儿啊，月亮我都怕了，明天还有一整天的时间，那人又神出鬼没，为娘的如何帮你做到毫无破绽？

第二章
造　畜

第二天一大早，马母被外面喧闹的声音吵醒。因为连日连夜操心，马母此时感觉起床都非常费力，好不容易挣扎着坐了起来，看了一眼地上的鞋子，不由得感叹：“今日脱下鞋和袜，不知明日穿不穿。”

不等她召唤，一个丫鬟就进来了，紧张地说道：“老夫人，不知怎的，一大早来了一队官兵，把这里围了。”

马母听了，心惊肉跳。这些官兵怕不是发现马千秋假死的秘密，奉命来抓他的吧？

“快扶我起来。”马母招手道。

丫鬟赶紧上前，扶马母起床更衣。

马母在丫鬟的搀扶下走出门，见两个官兵如守门神一般伫立在两旁。

丫鬟窃窃道："外面还有，都站在围墙下面，三步一岗。"

这时，一个头戴铁盔圆帽的官兵迎面而来，看模样品级比其他官兵要高。那军官见了马母，粗声道："多有打扰！听说这里昨晚闹了盗贼，我特地带些人来看看。为了避免类似事件再次发生，我让他们守卫这里，保您平安。"

虽然那军官粗鄙无礼，但马母心中喜悦。从军官的话里可以听出，他们并不是来抓马千秋的。

马母猜测，也许是昨晚搬来木雕的人没从她这里发现破绽，由此认为马千秋没有回来。可是那人心有不甘，仍然觉得马千秋没有那么容易死，于是连夜禀报上面，上面这才派兵守在这里，守株待兔。

马母一方面为他们没有发现破绽而喜悦，另一方面又为接下来的逃离忧心忡忡。

儿子说今晚带她们离开。现在官兵守在这里，儿子如何走得脱？纵使儿子又有了一根能当马骑的竹竿，那也必须有走得出去的路才行。不然，儿子、儿媳和自己都会被困在这里，秘密终究要被发现。

"你们是谁派来的？我家不需要这么多官兵守卫。"马母说道。一方面，她想让官兵撤走，另一方面她想探问一下与儿子作对的幕后人是谁。

"老夫人，我的官位比您儿子小太多，但也是为了保一方平安。保证您这里的安全就是我的职责，不需要谁派我来。您说要我走，我却走不得，万一发生什么意外，我如何向上面交代？”军官显然有备而来，既不透露幕后人，也不收兵。

马母不想得罪他，退让道：“大官小官都是官，都是为朝廷办事。辛苦了！您站在这里受累，请进屋喝杯茶。”

马母心想，能让他坐在屋里，就不让他站在门口，尽可能给隐藏的儿子争取多一点空间。少一个人的眼睛和耳朵，就能给儿子多一点安全保障。

进了屋，马母悄悄命下人拿了一些银两，偷偷塞到军官手里。

军官顿时喜上眉梢，正要收下，却将眉毛拧起，将银两推开，装模作样道：“使不得，喝点茶就可以了。”

马母见水泼不进，猜到他是忌惮于派他来的人。

马母只好让下人端茶水来伺候。

一杯茶尚未喝完，一个士兵跑进来禀报，说是门口有个穿得破破烂烂的人要进来，驱赶再三，那人不走。

军官瞥了马母一眼，以为是马母故意叫人来捣乱。

马母并不知道外面发生了什么，因此镇定自若道：“是不是叫花子？”然后吩咐身边下人取半升白米送过去。

军官皱皱眉头，重新喝茶。

不一会儿，下人回来了，说那人不是要饭的，而是来拜访故友马千秋的。

军官将茶杯往桌上一放，疑惑地看着马母。

马母浑身一颤，后背流出汗来。

“人都已经死了，还来拜访什么？将他赶走！”马母强作镇定。

军官站了起来，说道：“且慢。莫非他从哪里得到马大人回来了的消息？放他进来。”

很快，一个士兵领了一个衣衫褴褛的人进来。那人身后跟着一只猴子。猴子穿着人的衣服，衣服比前面那人身上的光鲜多了。乍一看，仿佛猴子才是主人，那人是猴子的下人。

军官轻蔑地瞥了那人一眼，厉声道：“你是马大人的故友？你从哪里得到马大人回来的消息的？”

马母又浑身一颤，感觉军官问的不是那个人，而是她。

那人含腰道：“官爷，我不是马大人的故友。”他侧了侧身，补充道，“它才是马大人的故友。”

“它？开什么玩笑？它不过是只猴子！”军官大笑道。

马母仔细打量那只猴子，总觉得那不是一只猴子。可是如果说它不是猴子，马母又说不出它是其他什么东西。

“马大人曾经救过它一命。听说马大人故去了，它要来看看。”那人说道。

马母松了一口气。

军官道：“衣冠禽兽倒是有情有义。”

马母赶紧说道：“你们来晚了，我儿千秋已经入土为安。你们若是要看他，就去他的坟地看吧。”

“呜呜呜……”那只不像猴子的猴子发出呜咽的声音。

“它还知道哭呢？！”军官见猴子像人一样哭，不禁笑了起来。

猴子拉住与它一起来的那个人，一边哭一边指手画脚。那人“哦哦哦”地回应，似乎能听懂猴子在说什么。

等猴子停下来，那人转身对马母说道：“抱歉，我们来得匆忙，没有带什么东西。请问您能不能借我们一些纸钱，它想在马大人灵位前烧烧纸，说说话。坟地我们下回再去。”

马母见他们如此真心，不好拒绝，便问下人：“家里还剩下些纸钱没有？”

下人回道：“还有一些，留着守坟的时候用的。”

亡者去世，活人寂寞。亡者也寂寞，孤零零地埋在山头荒野。因此，新葬的亡者坟前，往往有人守坟烧纸，让亡者慢慢适应这种寂寞。

“拿来给他们吧，后面少了，再买就是。”马母吩咐道。

下人取了纸钱来，又在灵位前摆了一个铜盆，方便他们烧纸。

那猴子在灵位前烧纸，一边烧一边呜呜呜地哭。可是它好像不会烧纸，它一沓一沓地烧，一沓还没有烧透，另一沓就扔了进去。

马母本想叫它一张一张地烧，可见它不过是个畜生，以人的礼节要求它未免太过分，于是默不作声。

不一会儿，屋里烟雾缭绕，都是没烧透的纸钱散发出来的。

军官捂住口鼻忍耐了一会儿，眼泪都出来了。

“我出去看看。”军官忍不住了，找了个借口就出去了。

下人也难以忍耐，不停地咳嗽。

马母道：“你下去吧。”

下人问道：“要不您也先避一避？”

马母道：“人家一片心意，我岂有避开之理？”

下人便自己走了。

这时候，那人朝房顶看了看，幽幽道：“看来这回马大人是遇到对手了。”

马母听出玄机，忙问道：“莫非这位朋友对我儿的遭遇有所了解？”

那人指着房梁说道：“那是搬山术留下的印子。马大人遇到会这种技法的人，难怪有此遭遇。”

“搬山术？”马母迷惑。

那人点头道：“会此种技法的人，连山都可以搬走。我在来的路上听说您家里遭了盗贼，就料到此事非同一般。果不其然！房梁上的印子便是证明。”

马母不知道这人到底是什么身份，不知道他是敌是友，想了想，说道：“你说得不错。昨晚一个庞然大物忽然出现在这里，吓我一跳。等我出了个门回来，那庞然大物竟然消失了。难道这就是搬山术？我以前只听说过愚公移山，却没见过真能把山移走的人。”

那人微微一笑，说道：“愚公移山的故事里，最后是仙人帮助，愚公才得以移走山。实际上哪里有什么仙人？愚公移山还是靠自已。从那之后，便有了搬山术。不过，那只是一个喊法而已，这种技法早就有了，为人熟知的叫法是五鬼运财术。更简单的说法是四两拨千斤，以小力使大力。”

马母听到“四两拨千斤”这几个字，暗暗吃惊。儿子恰好也说了这几个字。难道这人和儿子真的是故友？可眼下这形势，信他还是不信？

“请问，你是如何与我儿千秋认识的？”马母问道。

那人笑道：“老夫人，我与马大人并不相识。我刚才说过了，是它与马大人相识。”

“我儿在世时，我也曾听他说过四两拨千斤……”

那人温和道：“我也就说说而已，真正懂这些的，还是它。”他用眼神朝那只猴子示意。

马母看着那只连纸钱都烧不好的猴子，心想，它知道这些?

那人见马母不信，在猴子身边蹲下，轻声问道：“要不要告诉老夫人？”

猴子略作思忖，又手舞足蹈一番。

那人点点头，站了起来，咳嗽了一声，说道：“它说，既然您将马大人隐藏得这么好，那不妨告诉您它的真实身份。它曾是马大人的上司，官至工部尚书。”

马母哑然。一只猴子能官至三品?

“隐藏？这么多人看到马将我那可怜的儿子驮回来，我将他藏到哪里去？你们若不是真心来吊唁，就请从这里出去！”马母怒道。

她不知道那人说猴子当过工部尚书是真是假，天下怪事多了去了，大唐女皇帝武则天还曾将牡丹花贬到洛阳呢。她不关心朝堂里黑白百态，不想分辨工部尚书名头真假，只关心她儿子是否安好。此时谁若稍有刺探她儿子去处的意思，就如拿一根针扎了她一样。

不过那人说的话有几分可信。她儿子最初入仕的时候是在工部，后来因名字获罪，出来后转入兵部。

猴子见马母急了，赶紧站起来，呜里哇啦地说了一通。

那人急忙解释：“老夫人莫要生气。它之所以烧纸钱，就是想熏那军官出去，以此我们方能借一步说话。它确实曾是马大人的上司，与马大人一样，因为得罪了不该得罪的人，被贬到边疆战场，然后被人剥了皮，装入猴皮里，再辅以草药，让猴皮与肉相连，变成了这副模样。”

那人说完，猴子面对马母连连点头，然后伏地大哭，发出凄惨的呜呜声。

马母惊呆了。

那人指着头上房梁，接着说道：“这种残忍手段名为造畜术，与您看到的搬山术一样属于奇技淫巧。害他之人或许就是害令郎之人。”

马母心肝一颤。但她还是不敢相信眼前的人。

那人继续说道：“他叫奎敏，老夫人多多少少应该从您儿子那里听说过。他在工部当差时，因为巧用各种机关器械，给种种工程减少劳力，使得劳累致死的人大大减少，因此在民间有‘再世鲁班’之称。马大人若是没在您面前提及过，想必您也曾听说过。被人施以造畜术之后，他改名为明傀。光明的明，傀儡的傀。他来这里，一是同情马大人的遭遇，二是看看您这里是否需要帮助。”

“明傀？”马母犹豫片刻，忽然唤道。

猴子立即朝马母点头，又呜呜地哭。

马母想试试猴子是否真叫这个名字。若是真叫这个，猴子必定第一时间反应。

马母靠近猴子，抓住它的肩膀，仔细看了又看。刚才见它进来的时候，她就感觉到它不像是猴子。这次一看，她知道了，这猴子不是猴子的骨相，而是人的骨相，所以看起来不是很像猴子。但因它浑身猴毛，常人一看就把它当作猴子了，哪怕是当作怪异的猴子。就如昨晚，她以为那是蝙蝠，其实并不很像，但在那种场景看到，就毫不犹豫地当作蝙蝠了。

“我儿……在世时常在我面前提及你，他还没有入朝为官时，就仰慕你，敬重你，想要效仿你。我儿准备入仕时，我听人说吏部好，有前途，兵部也好，权力大，曾劝我儿入吏部或兵部。他却一心要入工部。后来我听我儿说你被贬，又听说你战死沙场……每每说起此事，我儿都为之扼腕叹息。没想到……你是遭奸人所害……苍天哪，到底是谁这样对待你和我儿？”马母同情道。

猴子涕泪俱下。

那人说道：“除了我之外，他从不敢将他的身世告诉别人。之所以告诉您，是为了让您相信我们是来帮助您的。”

马母道："人死不能复生。要帮得到的话，你就把我儿从阴曹地府唤回来吧。"

那人见马母把话说得这么绝，无奈摇头。

猴子愣愣地看着铜盆里燃烧的纸钱，眼睛被火光映红。它知道它还是没有取得马母的信任。

纸钱烧完，烟雾散了些。

军官捂着鼻子走进来了，不耐烦道："心意到了就行了，走吧走吧。"

猴子和那人被军官轰了出去。

猴子走到了外面，频频回头，似乎还要等待马母改变主意。

马母看着猴子的背影，它比正常人要小很多，比普通猴子要大一点。她不禁猜测，以前听人说工部的尚书大人为民操劳，瘦得跟猴子一样，皇帝特许他上朝时脚踩高跷，以官服遮盖。莫非害他的人就是听了这种说法才故意将他装进猴皮里的？

马母虽然对儿子的上司充满同情，也相信害他的人与害儿子的是同一人，但好在儿子回来了，既没有掉脑袋，也没有披着一身猴毛或者狼毛或者其他动物的毛回来。若是那样，那就等于进入了人间地狱。

她猜想，猴子或许不是来试探她的，毕竟它有那么多仇和恨。它应该是为了报复仇人而来。但是她的儿子只是丢了官位，丢了名誉，落了个逆臣的名号。她不想儿子再卷入这场凶狠又诡异到匪夷所思的争斗之中。

以前她听说有人被贬被抄家被砍头。这回听说三品大臣工部尚书居然被人用造畜术变成了一只猴子，她无比恐惧。

我不跟你们斗，我走还不行吗？马母心想。

目送猴子走后，马母叫来一个下人，问道："早上给夫人送过吃的没有？"

下人道："送过了，夫人还是不吃。"

马母道："再煮碗粥来，不，多煮一碗，她昨天也没吃，煮好了拿来，我亲自送过去，让她多吃一点。"马母是想给儿子也弄一碗吃的。她本想要下人多煮两碗饭，弄几个菜，可是那样容易让人觉得异常。余氏习惯喝粥，且饭量不大。这是下人们都知道的。

下人送了粥来，两只碗放在一个木盘里。

马母接了，要送到余氏那边去。

军官半路拦下马母，看了看木盘里的两只碗，问道："怎么两个碗？屋里有两个人要吃饭？"

马母道："儿媳昨天也没有吃饭，肚子里还有孩子，所以多弄一碗。"

军官夺过木盘，生硬说道：“那我帮您送。”

马母无奈，生夺回来或者就此返回都会让军官怀疑，只好说道：“那好吧。有劳了。您帮我端到门口，我再送进去。”

军官不置可否，先于马母往余氏房间那边走去。

马母赶紧加快脚步，走到军官前面去。

走到门前，马母看到石阶上相同的位置有一只看起来相同的蝗虫。

马母假装没有看到，走到石阶上时，忽然受惊了一样喊道：“哎呀，这里有只蝗虫！差点踩到！你说这蝗虫一大早怎么跳到这里来了？”

军官看了她一眼，快步上前，敲门道：“开门！”

马母低头去看脚边的蝗虫，它仍在原地，一动不动，不像昨晚那样跳到旁边的草丛里去。

“谁呀？”房里是余氏的声音。

军官暴躁道：“赶快开门！”

马母离开那只蝗虫，说道：“儿媳有孕在身，要安心养胎，吵不得。”

军官大声道：“奉命捉拿朝廷要犯！你若迟迟不开门，那我就踹门了。”

几个官兵听到声音小跑过来，纷纷亮出武器。

军官将木盘塞回马母手里，从腰间抽出军刀，准备破门而入。

这时，只听得“咻”的一声，军官的脑袋被什么东西击中，打得铁盔圆帽“当”的一声响。军官往前一个踉跄，几乎撞到门上。可见那东西力量有多大。

“是谁？”军官大怒，转过身来，忙不迭扶帽子。

“是我！”一个女子娇声喝道。

马母回头一看，原来是余氏的表妹安生。她平时很少到马家来。

她骑马进来的，身后跟着几位骑兵。她手里拿着一把弓不像弓、弩不像弩的东西。

女子挥舞着手里的东西，笑道：“经爹爹改装后，石头也可以当箭用了！”随后她在马上行礼道，“老夫人，我跟爹爹行军在外，回来晚了，没能给姐夫送行，还望老夫人谅解。”

军官见了安生，赶紧含腰行礼道：“小的冒犯了！”

安生斜了军官一眼，问道：“奇怪了，你见过我？”

军官道：“小的见识过您跟随安将军驰骋沙场的风采。”

在安生后面，几个丢盔弃甲的官兵踉踉跄跄跑进来，正要禀报军官有人闯进来，听到军官说的话，赶紧闭了嘴，灰溜溜地退下了。

骑兵横冲直撞，那些官兵走卒哪里挡得住？

安生问道："你是前方战场的将士？"

军官答道："是。"

安生下了马，走到军官面前，揶揄道："既是沙场将士，怎么跑到后方来了？"

军官沉默不言。

经安生点拨，马母有些明白了。调遣前方士兵来这里，是因为儿子的对手要置她儿子于死地。工部尚书就是在战场上被残害的。幕后人以"千秋"二字让马千秋入狱，可能是想让马千秋流放充军，然后下手。因此，幕后人应是前方战场上的人。

安生回身对跟来的骑兵说道："东西给我。"

一位骑兵拍马上来，将一个铁皮木盒递给安生。那个铁皮木盒上满是泥土，像是从地下挖出来不久。

安生将铁皮木盒提在手里，叹息一声，说道："老夫人，不能让姐夫成为无头尸身，我把姐夫的头带回来了。我让仵作验过了，确实是姐夫的头，被埋在京城的城郊。爹爹为了让所有战死沙场的将士能魂归故乡，特意请了这个仵作在战场验尸，根据生前模样能判断骨相，腐烂了也不会有错。"

马母浑身凉透！

儿子马千秋已经回来了，就在这屋里。她怎么说他的头在这个铁皮盒子里？还是仵作验证过的？她说得那么认真，没有半点开玩笑的意思。若是为了帮忙在这个军官面前掩饰，说说就可以了，完全没必要从京城带个铁皮盒子来。

若这个盒子里是马千秋的头，那屋里藏着的那个人又是谁？马母顿时感觉天旋地转，手里的木盘都托不住了。

安生见马母手里的木盘倾斜，立即将木盘接了过来，说道："我帮您送粥进去。"然后将铁皮盒子交给马母。

马母接过盒子，手似乎没有了力气，盒子差点从手里滑落。

盒子往下一坠，里面发出"骨碌"的滚动声，仿佛有个被惊醒的小动物想要撞破盒子跳出来。

"您……节哀顺变……"安生不知道该如何安慰她。

马母深吸了一口气，缓缓点头。

安生问马母："姐姐在家吧？"

马母几乎虚脱地回答道："在。"

"那……我送进去了？"安生看马母脸色白得像纸，有些不放心，转头对一位骑兵说道，"来，盒子你先拿着，你们别待在这里了，找人给马喂点草料，把盒子交给管事的下人。"

骑兵接了盒子，驱马离去。

军官站着不动。

这时门开了，余氏一脸疲态地站在那里，见了安生，努力地笑了笑，说道："前两日听姑母说妹妹已经在回来的路上了，没想到今天才到！一路辛苦了，快进屋里坐。"

安生的母亲前几日来马家吊唁。马母见她和余氏说了不少话，想必提到了安生要来的事。但余氏没有跟她说。

军官的两只眼睛如要出洞的老鼠一般往屋里瞄。

马母也往余氏身后看。此时往那边看，心情已经有了不同。她不确定屋里的马千秋到底是不是她的儿子。

她反而有一些期待看到马千秋就站在余氏身后。他若是在里面，应该听到安生刚才说的话了。此时再见面，他会有什么样的反应？是镇定，还是慌乱？

若是镇定，马母就会相信回来的马千秋几分。

若是慌乱，马母就会怀疑他几分。

可是那个不知真假的马千秋是不会在这个场合下出现在余氏身后的。

马母想起儿子获罪之前，每次她来到这里，他都会微笑着站在余氏身边，对她嘘寒问暖。他都会下台阶来，扶着她进屋，虽然她还远远没有老到那个程度。

可现在一切都不一样了。

此刻与昨晚不一样了。

昨晚她还因为儿子归来而窃喜。现在她不知道归来的人到底是谁，不知道自己该喜还是该忧。

儿啊，你到底在哪里？马母在心里呐喊。

她回想昨晚与儿子见面的情形。若说那个人不是她儿子，可世上怎么能找到这么相像的人？从声音上，她也没有听出什么区别。而那个木雕出现的时候，她差点上了当。幸好弄来木雕的人没注意到马千秋的耳朵下面有一颗痣。

这个回到家里来的人倘若不是马千秋，他会不会也有疏忽？马母后悔重新见到儿子时太惊喜，忽略了其他细节。

安生见余氏疲倦的样子，心疼道："姐姐，你可要撑住啊！"

余氏勉强一笑，扶住门框点点头。

"婆婆，您就回去歇息吧。"余氏对马母说道。

马母不想走，找借口道："等你喝了粥，我拿了碗再回去。"说完，她就往屋里走，好像怕被余氏赶出来一样。

军官也想进去，安生拦住他，说道："你就不用进来了吧？"

军官讪笑道："小的是奉命而来，要确保马家人的安全。"

安生挑眉道："有我在这里，还怕什么？难道我不如你？"

军官赶紧解释道："小的没这个意思。您堪比那花木兰将军，是万人敌。小的就是一蝼蚁。您这脚一踏呀，小的就粉身碎骨了。"

安生听了夸奖，不禁一笑，说道："你这张嘴倒是伶俐。那你还站在这里干什么？"

军官悻悻而去。

进了屋，马母环顾四周，没有看到马千秋的影子。这是意料之中的。无论他是真马千秋还是假的，都不会让更多人发现他的存在。

余氏似乎有意让马母早点离开这里，坐下后不跟安生说话，先喝了一碗粥，说道："婆婆，我喝一碗就够了。还有一碗不喝了，您一起拿走吧。"

马母只好端了一只空碗和一只没动的碗，慢吞吞地从余氏屋里出来。

走到台阶上的时候，马母看到刚才蝗虫出现的地方一片绿色。她蹲下身去，腾出一只手去摸了摸，手指头一阵痛感传来。她缩了手一看，手指头被划破了。地上绿色的东西是极薄的竹篾。正是竹篾划伤了她的手。

她明白了，刚才那只蝗虫是竹篾做成的，被人踩了才变成一小堆绿色竹篾。

马母不顾手指疼痛，一把将石阶上的竹篾全部抓在手里。刚才没人注意到蝗虫被踩成了竹篾。她担心被人发现。

回到自己的房间，马母将手中竹篾撒在桌上，竹篾上都是血。

马母伏下大哭。

忽然一个声音在她身后响起。

“娘，您哭什么呢？”

马母一下子僵住了。这不是儿子千秋的声音吗？

回过头来，马母看到马千秋站在门后的角落里。

“你怎么到这里来了？不怕被人发现吗？”马母紧张地小声问道。看到马千秋的一瞬间，马母想起马千秋小时候玩藏猫猫时喜欢躲在门后忽然跳出来吓她，进而忘记了那个铁皮盒子，又为马千秋担心起来。

“昨晚我就过来了，躲在小阁楼里。没人发现。”马千秋说道。

小阁楼与马母的房屋相连，上下要搭楼梯。小时候那里是他的玩乐之地。他跟着余氏的父亲读书之后，再没有去过小阁楼。小阁楼便成了一块被遗忘之地。要不是刚听到他说小阁楼，马母都快忘记家里还有这样一个地方了。

这应该就是我的儿子千秋啊！别人怎么会想到小阁楼能藏身？马母心中自问。

马母欣喜地起身，往前迈了一步，却又站住了。

她清清楚楚地看到，面前这个马千秋耳下并没有她熟悉的痣！

马母双腿一软，身子失去平衡。

那个马千秋快步上前，抢先在马母倒地之前扶住她，关切地问道：“娘，您这是怎么了？”

马母心口疼痛难忍，仿佛那里被人狠狠扎了一刀。

马母叹了口气，说道：“儿啊，娘上年纪了，没用了，经不住折腾。现在多走一步就感觉心慌气短。”

马千秋扶马母回到桌旁坐下，愧疚道：“怪儿子不孝，让娘担惊受怕。等我们离开这里就好了。”

马母先前无比期待马千秋带着她离开，此时却不想离开了。但她不敢在这个人面前表露心思。马母心想，如果我戳破他的掩饰，他会不会对我施加毒手？我死了不重要，但我那可怜的儿媳还不知道真相，我不能让儿媳稀里糊涂地跟着他离开马家，去一个谁也不知道的地方。这个人先前说过，本来不想让她知道他回来了，后来却改变了主意。现在想来，这个人应该是计划只将儿媳带走，没计划带走她的。不知出于何种考虑，这个人改变了原计划，决定带走她和她的儿媳。

不对，带走的还有尚未出生的马家血脉。

莫非这个人是冲着马家血脉来的？他要将马家斩草除

根？马母越想越怕。

马母摇摇头，说道："儿啊，娘恐怕是走不了啦。娘老了，虽然头发还没白，但步子已经迈不动了。我要是跟着你走，会拖累你的。娘昨晚想了又想，你娘子有孕在身，恐怕经不起长途奔波。我们马家唯一的血脉在她身上。娘不是不心疼你，娘是怕万一有个意外，到了阴曹地府，见了你爹爹无法交代。"

她决定尽力让余氏也留下来。

马千秋感到意外，挨着她坐下，说道："娘，您昨天不是答应跟我们一起走吗？现在怎么不想走了，还要余氏也留在这里？一旦朝廷的人发现我还没有死，那可是欺君大罪，到时候你们想跑都跑不了。"

马母心想，你这并不是为我们考虑，你只是要带走我们。

但她不能表露出来。

她仔细看着马千秋的脸。这张脸除了少一颗痣之外，与她儿子的脸几乎没有任何区别。或许是有区别的，比如说鼻子是高了一点点还是低了一点点，胡子是密了一点点还是稀了一点点，眼睛是大了一点点还是小了一点点，脸颊是胖了一点点还是瘦了一点点。但是儿子一年多没有回家，她对这些细微的变化毫无把握。即使在儿子出事之前，她也无法确定。

她好后悔，后悔没在第一次发现儿子偷偷回来的时候好好看一看儿子的脸，记住他脸上的每一个细节。

她伸出手来，想要在本该有痣的地方摸一摸，看看是不是自己老眼昏花了。

马千秋似乎意识到了什么，赶紧抓住了她的手，不让她摸到脸，动情地劝道："娘，跟我一起走吧！"

马母的手与那张脸只有不到一寸的距离，可却那么遥不可及。她不敢再往前伸，担心面前的人知道她已经看出破绽。她不知道那张脸皮之下的人到底是什么样的人，会不会因为败露而杀害她和余氏。自己死了并不重要，但她要弄清楚儿子的身上到底发生了什么。为什么朝廷有人要置他于死地？为什么面前这个人要假装她的儿子？为什么他还要带走她和余氏？"你自己走吧。你走了，再也不要回来。这样就没有人知道你还活着，你可以活下去，我们也可以活下去。这也未尝不是一个办法。如果苍天有眼，那些害我们的人得到报应，我和……我儿会再相见。"马母嘴上这么说，心里想着恐怕再也见不到马千秋了，不禁悲从中来，声音哽咽。她本想说"我和你会再相见"，但她心里恨着面前的人，实在说不出要与这个人再相见的话，于是改口成"我和我儿会再相见"，既不违背自己的愿望，又不让他知道她的猜忌。

我一定要想办法让你露出庐山真面目，把你从我儿这张皮里扯出来！马母暗暗发誓。

“您要我一个人走？”马千秋不敢相信马母会说出这样的话。或许在他看来，马母至少会劝他留下来，即使这样是最危险的处理方式。

马母点头道：“是。娘是为你好。我们两个毕竟是女流之辈，一路奔逃会成为你的累赘。娘不知道你从哪里学了把竹竿当作马骑的技法，也不知道你招惹了什么样的人。但是我们两个既不曾习得奇奇怪怪的技法，也招架不住玄而又玄的人。逃得了和尚逃不了庙。你今天在小阁楼里，应该听到了你原来的上司奎敏的遭遇。”

说到这里，马母不继续往下说，转而看着马千秋。

马千秋闭上眼睛，表情痛苦地说道：“我听到了。”

“我好担心，那些会造畜术的人如果抓住你，像奎敏一样，让别人披了你的皮，再回来找我。我该如何辨认那到底是不是你？”马母问道。她尽力将语速放慢，再放慢，仿佛说这样的话完全是因为见了工部尚书之后而生出的忧虑，而不是因为眼前的人。

“这种造畜术是能化解的。”马千秋果然没有一丝警惕。

“能化解？”马母心中一喜，脸上仍然以忧虑的表情掩盖。

若是真有化解的办法，她就能验证一下面前这个人是不是以造畜术的方式变成了她儿子的模样。就她一生所有的见识而言，能想到的变换模样的方法，也只有今天听到的造畜术了。

她知道，大千世界，无奇不有。或许变换成另一个人的方法不止一种，可是她一个妇道人家，未出嫁之前绣楼都难得下一次，来马家之后除了送儿子去余家读书，再没有出过一次远门，简直耳聋目盲，对外面发生的事情知之甚少。她能知道什么“奇技淫巧”？只能想到哪一步，就先走到哪一步。

“能化解。”马千秋简单回答道。

马母对这样的回答不满意。

“这样的事情，娘在以前闻所未闻。你倒是跟娘说说这造畜术是怎么一回事，又如何化解？”马母问道。

马千秋道：“娘，我说了，离开这里之后，您要问什么我都解答。”

马母道：“儿啊，你要我不问竹竿做马是怎么回事，我不问。你要我不问朝廷里发生了什么事，我也不问。可这造畜术发生在工部尚书的身上，将来有可能发生在我儿的身上，我怎么能不问？我知道了这个，既不会让你暴露，也不会影响你离开。你若是这也不告诉娘，就是把娘当作外人了。”

马母这最后一句话是经过了思量的。这个马千秋想带走她和余氏，自然不会让她们发现他不是马千秋。这种看似与逃离无关的造畜术不跟她说一说，那么她可就要对他起疑心了。

在儿子出事之前，儿子对她是知无不言，言无不尽，从不隐瞒她。出事之后，儿子对紧要的事情，也没有说不告诉，而是说怕她泄露，等离开后再告诉。面前这个人既然连小阁楼都知道，应该是对儿子非常熟悉，那么，他应该也知道马千秋对马母知无不言，不会连母亲好奇的技法也遮遮掩掩。

那样的话，在他自己这里和马母那里，他都不像是马千秋了。

面前的马千秋犹豫片刻，说道：“娘既然要听，我讲就是了。这造畜术起源于春秋战国，曾经一度失传。大元创立以后，在河南江北一带又出现了，常有人以造畜术将偷出来的孩子披上羊皮，驱赶到他乡……”

马母大为惊讶。面前这个人讲解的方式与儿子往日里给她讲解的方式完全一致。儿子给她讲述的时候，喜欢将来龙去脉说得清清楚楚，如私塾老师讲课一般。她曾跟儿子打趣说：“你这是狗子上茅房——文进文出。娘不是做学问的人，不用给我讲这么细。”但儿子每次还是那样讲。

她不禁分了神，想着若是眼前的人有那颗痣，即使他仍不是她的儿子，她恐怕也会一直把他当作儿子。

这个人是不是她儿子，竟然是由一颗痣决定的！她觉得荒诞，却无法辩驳。

“娘，您在听吗？”马千秋见马母发愣，轻声问道。

马母回过神来，以手拍额，说道：“这几晚没睡好，有些恍惚。你继续说。”

马千秋“哦”了一声，继续说道：“我初入仕途，因工部差事在河南江北一带治水，听到当地人提起孩童失踪案，才知道世间竟然有这种奇术。据当地官员说，为了捕捉嫌疑案犯，他们大费脑筋，却竹篮打水一场空。后来案犯被抓纯属偶然。有一次一个赶着羊群的人在路边饭馆吃饭歇息，事先将羊群关在饭馆旁边的围栏里。此时恰好另一个客人习惯吃完饭后喝热茶，喝到一半，临时着急要走，那客人将剩下的茶倒在围栏的木槽里。围栏里的羊可能是渴了，见他倒茶，都挤过来喝木槽里的茶水。喝到茶水的几只羊居然羊毛脱落，发出小孩一般的哭声。”

马母心中一喜，看来破解的方法是喝茶。

马千秋说：“不得不说，那些案犯聪明得很。羊的叫声本就跟小孩的哭声相似。那个倒茶的客人看到羊毛脱落，还以为羊犯了病，赶紧回饭馆里大喊，让赶羊的人出来看看。这一喊，不但引起赶羊人的注意，其他客人也凑过去看。这一看，众人发现围栏里哭的不是羊，而是几个孩童。众人便把赶羊人捉了送到衙门。经过严刑拷打，赶羊人道破秘密，不能让中了造畜术的人喝当归茶，一喝就会皮毛脱落。”

“当归茶？”马母问道。

“是啊。官府又询问那个倒茶的人。那个人说他是从岳州来的，当地习惯在茶里放当归。而此地喝茶没有加当归的习惯，他便随身带着当归，泡茶时加入其中。正是这种习俗，让案犯掉以轻心。官府派人去围栏的木槽里检查，果然发现了残留的当归。此案这才告破。”

儿子说的事情她必定相信，眼前人说的话她将信将疑。

“你说当归茶可以破解造畜术，那今天来到我家的奎敏为什么不喝当归茶让身上的猴毛脱落？他不知道这种方法吗？”马母想了又想，终于想到一个可疑的地方。

马千秋说：“娘啊，造畜术施加于孩童身上，是案犯想要将孩童贩卖，是要赚钱的。到了目的地，喂了当归茶，孩童还是孩童，羊皮还是羊皮。今天我听到那人说奎大人是被脱了皮之后塞入猴皮之中的，并以草药加效，肉与皮融合。现在要脱下来，恐怕如千刀万剐。且不说奎大人是否耐得住这种惨痛，就算他脱掉了猴皮，他的肉身又将何去何从？他原来的皮囊恐怕早已被施害之人毁掉。他总不能以血淋淋的面目示人吧？对他来说，还不如不喝当归茶，留着一身猴毛。”

马母释然。面前的人说得不错。即使奎敏知道如何破解造畜术，也不能破解。这才是奎敏最为无奈和痛苦的。他改名叫作“明傀”，就已表明放弃了原来的身份吧！

第三章
墨　者

“朝廷中人为什么要这样对待他？他犯了什么不可赦的罪吗？还是得罪了不能得罪的人？”马母问道。

“他没有罪，也没有得罪任何人。”马千秋说道。

马母原以为马千秋不会回答这个问题。明傀说过，害他的人或许就是害她儿子的人。如果是这样，马千秋会以免得她担忧为借口来搪塞。

“那他为什么会遭遇这样的事情？”

马千秋思考了一会儿，说道：“因为他劝皇帝不要再远征。”

“那就是得罪了皇帝？本朝是在马背上得的天下，建立大元以来，一刻也没有停止过远征。他劝皇帝不要远征，难怪会有这种下场。”马母说道。

马千秋摇摇头，说道：“不。皇帝也有息战之意，但受众多热血将士挟持，不愿直言，于是私下授意奎大人上疏，想试试众臣反应，再做决断。”

“既是皇帝授意，奎大人又何至于落到这种地步？”马母问道。

“错不在上疏，错在他上疏的时候泄露了自己的身份。”

“身份？什么身份？”

“墨者的身份。”马千秋轻叹一声，低下了头。

“墨者的身份？什么意思？”马母听不明白。

马千秋道：“信奉墨家的人叫作墨者。在一千八百年前，墨子的墨家与孔子的儒家、老子的道家曾经并列。因道家超然世外，俗世中墨家与儒家几乎平分秋色，各占半壁江山。后来，汉武帝罢黜百家，独尊儒术，墨家不断遭到打压，以至于逐渐销声匿迹。实际上，墨家并没有灭绝，信奉墨家的人以极其隐秘的方式存在着。他们抵制战争，极少抛头露面，以免再遭迫害。墨家是一个纪律严明的团体，墨者的首领称为巨子。墨者必须听命于巨子，以巨子为圣人，皆愿为之死，为实施墨家的主张，舍身行道。这跟朝廷的愿望背道而驰。朝廷希望所有子民服从朝廷管治，所以视其为眼中钉，肉中刺。”

马母叹道：“难怪！”

马千秋道："墨子创立墨家，但他首先是一位制造器械的大师。最早的战车，连弩车、投石机等都是他设计出来的。还有滑轮、杠杆等，他也颇有研究。他设计这些武器不是为了攻打别人，而是为了守卫城池。在墨家言语里，这叫'非攻'，是后世墨者恪守的信条之一。史书有记载，一千八百年前，木匠鼻祖鲁班为楚国设计出了攻打宋国城池的云梯，墨子昼夜不停地赶到楚国，力图阻止战争。楚王想要试试云梯攻城的威力，不肯收兵。墨子便解下腰带，围成一座城的样子，取了些小木片，作为守备器械，让鲁班用云梯演示攻城。结果鲁班输了。鲁班说，我知道用什么方法对付你了，但我不说。墨子说，我知道你用什么方法对付我，我也不说。"

马母听得迷糊，问道："鲁班用什么方法？"

马千秋道："且听我说。楚王见他俩都卖关子，问他们都想到了什么。墨子说，鲁班的意思不过是杀了我。杀了我，宋国没有人能防守了，就可以进攻。但是我的弟子禽滑釐等三百人，已经手持我守御用的器械，在宋国的都城上等待你们。我来劝大王不要攻打，救的不是宋国，而是楚国士兵。楚王这才放弃攻打宋国。墨子从楚国归来，经过宋国，天下着雨，他到闾门去避雨，守闾门的人却不接纳他。后来的墨者都是这样，以天下人为己任，但天下人不识。”

“奎敏既然是墨者，为什么百姓称之为‘再世鲁班’？”马母听完墨子和鲁班的往事，觉得这简直张冠李戴。

马千秋道：“世人对墨子与鲁班的区别知之甚少，而鲁班被认为是木匠鼻祖，奎大人身为工部尚书，设计无数器械，自然会被当作再世鲁班。也是因为奎大人专心于研究器械，不懂文章之道，不懂官场规则，这才被人发现了墨者的身份。”

“他身居高位，恐怕不是简单的墨者吧？”马母问道。

“娘，您说得对。他不仅是墨者，他还是巨子。所以他才被剥皮塞入猴皮之中，这是要做给其他墨者看。”

马母大吃一惊，想来与奎大人一起来的那个人也是墨者。

“儿啊，你……你不会也是他的追随者吧？”马母想起那根爆裂的竹竿，想起那只竹篾做成的蝗虫，想起马千秋小时候在床底下磨的竹子粉末，越想越觉得儿子与奎大人相似。或许正因如此，儿子才遭到朝廷追杀？

马千秋摇摇头：“不，我不是他的追随者。”

“别骗娘了，如果你不是他的追随者，他今天为什么来找你？还试探我？”马母认为，眼前之人虽然不是她的儿子，但他一定知道儿子是不是墨者。

马母认定了，儿子就是墨者，这才能解释先前发生的一切。

“娘，您以为他是来救我的吗？他是来杀我的。幸亏您今天没有相信他，不然的话，不用外面的官兵把我带走，我已死无葬身之地。”马千秋苦笑了一下，说道。

马母刚以为找到了一点关于儿子遭遇的眉目，听面前的人说完，又陷入了更深的迷雾之中。朝廷要杀掉他，被朝廷除掉的人也要杀掉他，他到底是什么人？做了什么事？

“他是来杀你的？”马母不知该不该相信。如果明傀是来帮他离开这里的，他不应该拒绝才是。就算眼前之人不是马千秋，他也与马千秋一样急需明傀帮助摆脱外面的朝廷官兵。

马母对自己该如何做也拿捏不定。若是明傀能将面前的人带走，她和儿媳反倒可以如她所愿，留在这里。可是面前的人被带走的话，儿子背后的真相就永远无法得知了。

马千秋无奈地笑了笑，说道：“道不同，不相为谋。我可与他不相为谋，奈何他要排除异己，不能相容！”

马母诧异道：“他都沦落到人不像人、鬼不像鬼的地步了，还要排除异己，不能容你？他不是应该找朝廷吗？为什么来这里找你？他曾经可是你少年时钦慕的人啊！”

马千秋道：“娘啊，那是我少不更事。长大了才发现，真实的世界远比我想象的要复杂。”

马母还有问题想问，马千秋忽然给她做了一个噤声的手势，然后蹑手蹑脚地走到她的床边。马母要起身，马千秋示意她不要动。

就在马母犹疑的时候，马千秋伸手到床帐上，几乎没有摸索，就从那里抽下一枚针来。

马母十分惊讶。她习惯坐在床沿上做针线活儿，做完就随手将绣花针插在床帐上，下次用的时候直接从床帐上抽下针。

面前这个人既然知道小阁楼的存在，那么知道她有这个习惯也不意外。让马母意外的是，面前这个人毫无停顿自然而然地就将床帐上的绣花针抽了下来，没有一丝犹豫，也没有一丝生涩。如果面前的人不是她儿子，即使知道绣花针的位置，恐怕动作也没有这么娴熟。

马千秋抽下绣花针，又从枕头后摸出绣花用的彩线。动作同样娴熟。

马母几乎要离座而起，跑过去抱住他了，就像抱住死而复生、失而复得的儿子一样。但她忍住了。

马千秋将彩线穿进绣花针，然后往窗户那边一甩手，绣花针飞了出去，穿过了窗纸。

窗外发出一声惨叫。

马母一惊，这才知道隔墙有耳。

彩线还在马千秋手里，他一抖手，彩线拉着绣花针收了回来。

马母赶紧起身往外走。她要看看到底是哪个家贼偷听。另外，她不能让外面的官兵进来抓走像是儿子又不是儿子的人。

走到门口，马母回头示意马千秋躲起来。马千秋点点头，镇定得让人意外。

“马大人在里面！马大人就在老夫人这里！”一个女人的声音在外面响起来。

马母疾步走出去，看到了那个女人。马千秋果然说得不错，家贼不一定是身强力大的男人。

那个女人捂着脸。刚才那针扎在了她的脸上。

军官带着一群人冲了进来，挥手道：“把这里包围起来！别让他从后门溜走了！”说完，他带着官兵要往房间里面闯。

马母伸手拦住大门，大喝道：“我看谁敢在这里撒野！”

军官一愣。

马母大声道：“你不是跟老身说，你们是来保护我们平安的吗？怎么要抓我马家人了？我儿子被奸臣诬陷，我且管不了，但你们别忘了，我亲家余大人还在朝中当差呢！不看僧面看佛面。你们要是惊了他女儿的胎，看你们怎么跟余大人交代！”

军官见马母提到余大人，果然犹豫了。

“屋里是余大人的女儿？”军官问道。他也怕弄错人，到时候下不了台。

马母见他这么问，干脆点头。能拖一点时间算一点时间。拖得久一些，马千秋或许可以藏得更隐秘一些。最差的结果是被搜查出来，要是让他们这么快进去，马千秋肯定逃不了。

窃听的女人说道：“官爷，我确确实实听到了两个人的声音，一个是老夫人，一个是马大人。马大人发现了我，用飞针扎了我。”她松开手，脸上、手上都是血。

军官瞥了她一眼，问道：“针呢？”

她说道：“那针又回到屋里去了。”

军官不太相信，蹙眉道：“还能回到屋里去？”

马母顿时明白了马千秋彩线穿针的用意。他要让军官对家贼的话产生怀疑，即使只有那么一点点怀疑。

“怕不是被蚊子叮了吧？”马母狠狠道。这个下人在马家时间不短了，马母从来没有发现她有异常。

军官问家贼道：“你确定是马大人的声音？”

家贼咬牙切齿道：“是！”

军官一挥手，命令道：“进去搜！”

马母张开双臂，如守护小鸡的母鸡一般要挡住这群气势汹汹、如狼似虎的官兵。她知道她挡不住他们，但她总要做点什么。

军官不耐烦道："老夫人，您再不让开，休怪我们无礼了！"

就在这时，里面传来一声咳嗽。

家贼大喜，喊道："我没听错吧！人就在里面！"

马母浑身一凉，刚才的勇气瞬间消失。她抓住官兵的衣服，一边将官兵往外推，一边两腿往下弯。她想跪下求官兵们放过。

她知道屋里的人耳下没有痣，但别人都不知道。一旦那人被抓住，朝廷必定认为是马千秋逃回来了，到时候任凭她如何申辩这个人不是她儿子，也必定没人相信。最后结局必然是罪加一等，满门抄斩。她和儿媳余氏，以及马家最后的血脉，都保不住了。

这样的结局比儿子没有回来更加严重。

这时，马母感觉到身后一双手托住了她的胳膊，将她往上拉，不让她跪下。

马母看到对面的军官面露讶异之色，仿佛看到了怪物一般。她还看到负心的家贼瞪圆了两眼，张大了嘴巴，仿佛大白天见了鬼。

马母缓缓回过头，看到了那张再熟悉不过的脸。

“怎么……会是你？”马母忽然感到喉咙干涩，要说的话就像石子一样卡在喉咙里，费了好大的劲才吐出来。

那人淡然一笑，说道：“家里遭此大难，我能不来吗？”

马母抬起手来抚摩那个人的脸，感觉自己身在梦境之中。她怕自己忽然一个激灵醒过来，发现这不过是南柯一梦。

军官问家贼：“这个人是……？”

家贼嘴唇颤抖着说：“是已故的马老爷……”

这个家贼在来马家当下人之前就见过马千秋的父亲，她与马家有些沾亲带故的关系，从小就住在离马家不远的地方。正是因为这些关系，马母才接受她来马家当下人。

“已故的马老爷？”军官不敢相信，又不得不相信。

别说军官了，马母自己也无法相信死去多年的丈夫突然回到了家里。

丈夫因病去世，是她亲自将丈夫入殓，她抚摩着丈夫那冰冷的脸、僵硬的身体，不相信他会就此离开。她感觉丈夫只是睡着了，睡得太深，只是在做梦，做的梦中梦，梦中还有梦，所以喊不醒。她眼看着棺材盖渐渐合上的时候，仍然感觉他只是要找个更安静的地方睡觉做梦。他还一直在这里，在她的世界里沉睡，并不像其他人安慰她时说的那样去了另一个世界。

刚才看到他的脸带着一丝疲倦，马母感觉他刚从很深很深、很累很累的梦中醒来。

他那一句“家里遭此大难，我能不来吗？”让马母老泪纵横。她记得丈夫重病弥留之时拉住她的手，说：“我恐怕时日不多了，往后有什么坎儿，你只能靠自己了。家里的一切，马千秋那个孩子，都拜托你了。到了真过不去的时候，你也不要轻易放弃，我会一直在你们看不见的地方保佑你们平安。”

她一直记着丈夫的话，这次她真的感觉自己撑不下去了，没想到死去的丈夫竟然兑现诺言，出现在这里！

“你不是说看到了马大人吗？怎么是马老爷？还是已故的马老爷？”军官糊涂了。

家贼结结巴巴说道：“马……马大人跟马老爷……确……确实长得有几分……相像……不会是……不会是我看错了吧……”

军官也看出这个突然出现的人跟马大人有几分相似，但这个人显然比他认识的马大人要苍老许多。

“我是你们要找的马大人的父亲。”他对军官说道，转而目光对着家贼，“你喊错了，马老爷是你对我儿马千秋的称呼，你应该叫我太老爷。”他目光犀利，如剑一般能将人穿透。

家贼往后退了一步，惊慌道："太……太老爷……"

太老爷勉强一笑，点头道："这才对嘛。你出生时得了一场大病，你家里人没钱治，是我给了你父亲钱，让他找了最好的郎中给你开药，你才活了下来。你这一声太老爷，我还是当得起的！"

家贼面露羞愧之色。

军官不知所措。

太老爷对军官说道："官爷，我因病辞官之前，也曾上过战场，与孛罗帖木儿将军可谓生死之交。好像官爷您也在孛罗帖木儿将军麾下？"

军官行礼道："小的听将军三番五次说起马大人……不……马太老爷，为马太老爷的早逝甚为惋惜。小的不过是将军帐前守卫，哪敢与马太老爷相提并论。"

太老爷笑道："亏他还念着我！等我这几日处理好家事，再去拜访将军。"

"将军不知马太老爷尚在人世——"军官说道。

太老爷不等他说完，抬手朗声道："他知道！"不失当年威风。

军官顿时噤若寒蝉。

太老爷瞥了军官一眼，问道："官爷，您还要不要进来看看？”

军官往前迈了一步。

太老爷说道：“官爷，您从战场回来不久，不知道您手下这些人平时有些小毛病，以往借着搜查抄家的名义没少顺走一些东西。要是我家里少了什么东西，您可是要负责的。”

军官略作思忖，收回了脚步。

“既然是下人错把太老爷看成了马大人，就不用查了。小的也是遵命办事，不是有意打扰，还请太老爷多多包涵。”军官识相地让步道。他清楚，如果进了房间，就算没有少东西，太老爷若是咬定少了什么东西，他跳进黄河也洗不清。此事传到孛罗帖木儿将军那里，他可就惨了。更何况刚才太老爷说孛罗帖木儿将军知道太老爷背后的秘密，说不定太老爷跟孛罗帖木儿将军之间有什么秘密约定，这就更加说明这个太老爷惹不得。

马母在旁听到丈夫说孛罗帖木儿将军知道他的秘密，一半相信，一半觉得这可能是丈夫虚张声势，目的是吓唬军官，不让他进来搜查。马千秋不一定还在屋里，但是屋里肯定还有不能让人看见的秘密。她恨不能立刻折返屋里，看看里面发生了什么变化，有什么不同寻常的痕迹。

可是她不能走。她一走，就会让军官感觉到她心虚，说不定军官就会改变主意，带官兵冲进来。

太老爷说道："既然不查了，那还要我送您到门外去吗？"

军官答道："不敢！"然后他带着官兵撤出去了。

家贼站在原地，哆哆嗦嗦。

其他下人陆陆续续围了过来，看太老爷如何发落。

太老爷对家贼说道："你先下去歇着吧。"

家贼跪在地上磕头："太老爷，我忘恩负义！我该死！"

太老爷转身，背对着她说道："死倒不用，明日让你家里人来，将你领回去吧。"

家贼将额头磕得出了血，央求道："太老爷留我在这里吧，我再也不敢了！只要您留下我，我做牛做马都愿意！"

"牛尚可耕地，马尚可骑行。你可以吗？"说完，太老爷往里面走去。

家贼号啕大哭。在这大元朝，普通汉人几乎毫无地位可言，唯有依附于官家，或就职于衙门，才不遭人欺凌。她自然不愿离开马家。之前她以为马家完了，这才落井下石，可没想到病故多年的马太老爷却回来了。

马母吩咐下人道："你们把门看好了，没有叫你们，谁也不能进来！"然后她掩上门，跟着丈夫往里面走。

一面走，她一面思忖：这么多年，丈夫去了哪里？怎么会在这个关键时刻突然出现？如果真是他，那么刚才那个马千秋现在又去了哪里？那个马千秋不是真儿子，丈夫难道没有发觉吗？

丈夫不可能没有发觉。当年儿子马千秋出生的时候，丈夫将儿子从头到脚看了一遍，眉头紧蹙。她不知道丈夫为什么蹙眉，问他怎么了。丈夫说，这孩子浑身没有一个记号，万一被人家抱走了，或者走失了，那怎么找回来？

她问道，谁会抱走我们的孩子？

丈夫道，我只是假设。这么小的孩子长得都差不多，要是没个记号，容易弄混淆。

她觉得丈夫想太多，不过也理解他，或许是他太在乎这个孩子，生怕孩子以后被人抱走，或者走失。

那怎么办？她也没有办法。记号不是她想生就能生出来的。

丈夫拿了墨来，然后用针在马千秋的耳下文了一颗很小的痣。

这样就好了嘛，一般人看不出来，但我们能认出来。丈夫高兴地把马千秋举过头顶。

马千秋因为疼痛而哇哇大哭。

马母回想起这一幕，再看看走在前面的丈夫的背影。难道丈夫早就知道需要辨别儿子的这一天会来吗？可他自己怎么忘了？

难道……这个人并不是她的丈夫？

马母被自己的猜测吓到了。她停止了跟随的脚步，看着前面的背影离她越来越远。

她想退到外面去，逃离这个如同梦魇一样分不清真假的地方。

可是能逃到哪里去呢？撒手不管吗？袖手旁观吗？她做不到。没有人能帮她，除了她自己。

那个太老爷感觉到后面的人没有跟上来，他站住了，回头看见马母远远落在后面，问道："怎么了？"

"我……"马母不知道如何回答他，怕他知道她心里的想法。

"过来呀。站在那里干什么？"他朝她招手。

她仔细看他招手的动作，回想以前丈夫招手的样子，想对比一下眼前的人跟丈夫有什么区别。可惜的是，她想不起丈夫招手的样子。时间太久了，即使真的丈夫站在面前，做出跟以前一样的动作，她觉得她可能也会没有熟悉的感觉。

"你到底是谁？"马母往前也不是，往后也不是，心想，他既然暂时看起来没有什么恶意，不如问清楚。

"我是谁，你还不知道吗？"太老爷反问道，好像她问得太多余。

马母摇摇头，说道：“我现在不敢相信任何人。何况你一消失就这么多年，总要给我一个说法吧？”

太老爷微微一笑，走回到马母身边，伸出手来想搀她，手伸到一半，僵在了那里。

马母感觉到了太老爷的犹疑。过了这么多年，熟悉的人也有了陌生感，如何能轻易做出这种亲近的动作？

“坐下来说吧。”太老爷最终没有搀她。

马母点点头，回了睡房，在刚刚遇见那个马千秋的桌子旁坐下。太老爷在她对面坐下。

马母环顾四周，一切跟平常没有区别。只有那个马千秋平白无故地消失了。

“你说我消失了这么多年，其实我没有消失，我一直在，只是你没有看到我。”太老爷沉默了片刻，等马母环顾之后，才开口说话。

“你一直在？你在哪里？我和我儿这么多年怎么过来的，你知道吗？你若是真的病故了，我没有说你的道理，你现在回来了，那些年丢下我们孤儿寡母不管不顾，你忍心吗？”说着说着，马母忍不住心酸流泪。纵使对面的人不是丈夫，这也是她心里想说的话。

太老爷面露羞愧之色，低下头，小声道：“我是瞒了你，但我没有瞒千秋。他知道我还在。现在事情都发生了，该知道的不该知道的，你都知道了。那我也不用瞒你了。那时候我之所以借病故的方式离开，是因为我的墨者身份被发现了。我不得不制造我病故的假象，以避免那些人对我下手，牵连你们母子俩。”

马母愣住了。丈夫也是墨者？

太老爷见她发愣，解释道：“奎大人来过了，应该跟你说了他的遭遇。他就是墨者。当年如果我不死去，下场会跟他一样。他不但被施以造畜术，家人还都流放在外，病的病，死的死。我死没有关系，但不能连累你和孩子。”

“你说你瞒了我，没有瞒我儿千秋？”马母问道。

太老爷道：“是的。你我知道，这孩子从小就喜欢玩藏猫猫，常常躲在门后，突然跳出来吓你。”

马母点头。这是她和丈夫还有孩子共同的温馨记忆。

“在计划病故之前，我跟他说，我在跟你玩一个藏猫猫的游戏，叫他帮我保密，不要让你发现我。他很配合。”太老爷说道。

马母记得丈夫去世后，马千秋确实没有什么变化，只是更沉默一些。孩子爱玩竹子，父亲在世时，他偷偷玩，父亲去世后，他仍然偷偷地玩，像是父亲从未离开一样。那时候她怕伤害到孩子脆弱的心，不忍心问，不忍心说，现在经丈夫一说，她再回想起来，心惊肉跳！

“我吃了一些降气血的草药，造成病故的假象。等下了葬，其他墨者将我挖了出来，恢复我的气血。从此之后，我就成了不存在的人，专门执行最隐秘的任务。我很想念你们，偶尔我会回来，但是不能让你和下人们发现。”

“但是千秋知道你回来过？”马母问道。

太老爷点点头：“我每次回来都是在夜里，你们都已经睡下了。不知道为什么，他却醒着，好像知道我什么时候会来。”

马母脑海里浮现出一只蝗虫。

“每次回来，我都会问他，你娘亲发现我了吗？他就会摇摇头。然后我会问一些家里的事情，他会把他知道的都告诉我。家里遇到了什么困难，家里人遇到了什么事情，我都会离开后尽力去解决。”太老爷面露笑容，为这样的儿子感到欣慰。

“你离开后尽力解决？你人都不在这里，怎么解决？”马母想起来还是有些怨气。自从丈夫不在之后，大大小小的事全是她一个人承担，连个商量的人都没有。儿子入仕后，情况好了很多，但儿子常年在外，也不能帮衬多少。

太老爷道：“你还记得吗？八年前，一个商人要将马家房产买走，串通官员威逼，许以高价利诱。”

马母听他提及此事，并不惊讶。那时候此事闹得沸沸扬扬，远近皆知。那个商人不知从哪里听说马家这块地方能旺财，非得强买强卖，要将马家的房产归为己有。几番争执不下，商人又买通官员，以官府名义征用此地，试图逼走马家人。

这个地方承载了马母所有的回忆，即使给再多的钱，她也不愿出售。可是那商人纠缠不放，借口放生在附近投蛇，让马家上下人心惶惶。

马母觉得坚持不下去了，一次吃饭的时候，她跟儿子说他们可能要搬家了。

儿子却问了她一个奇怪的问题。

“娘，您相信世上有鬼吗？”

马母不知道儿子为什么突然问这个。

“没有吧。”马母说道。

“爹爹说世上是有鬼的。”儿子说。

马母惊讶道：“他什么时候跟你说过这样的话？”

儿子眨眨眼，说道：“以前说的。”

“他跟你说这个干什么？”马母问道。

“爹爹跟我说，世上有一种鬼，叫作‘明鬼’，明鬼能对人间的善恶予以赏罚。人们把这个赏罚叫作报应。善有善报，恶有恶报。那个坏人要把我们赶走，也会有报应的！”儿子认真地说道。

马母无奈道：“哪有什么报应？好人遇到好事，人家就说善有善报。好人遇到不好的事，人家就说苍天无眼。坏人遇到坏事，人家就说恶有恶报。坏人活得好好的，人家就说上天不仁。你是读书之人，读孔圣人的书，应当知道‘子不语怪力乱神’。你要好好读书，别想这些乱七八糟的东西。”

儿子说道：“娘，您不要发愁。我们不用搬家。这个坏人马上就要遭到报应了。”

第二天，下人喜冲冲地来找马母，说要买马家房地的商人被毒蛇咬了，中毒身亡。

马母既惊又喜，连叹道：“报应啊报应！”

官府的人怀疑是马家人放毒蛇报复，来马家调查数日，却一无所获。

“莫非惩罚那恶毒商人的明鬼是你？”马母问太老爷道。

“明鬼？你知道明鬼？”太老爷诧异道。

马母摇头道：“我是听千秋说的。他说世上有一种鬼叫作明鬼。”然后，她将马千秋说的关于报应的话说给太老爷听。

太老爷听完哈哈大笑，说道：“那时候他还小，不理解明鬼真正的意义。我从他口中得知有人想要赶走你们，又查出那人作恶多端，死不足惜，就让报应来得及时一些而已。现在你总该相信我了吧？”

马母道：“报应之事确实巧得很。但此事马家人人知晓，外面听闻的人也不少。稍作打听，就能问出一二。你说此事是你所为，别人也可以说是他所为。除非我儿回来与你对质，确认你不曾隐瞒他，且跟他说过那些话。”

在太老爷说起八年前的这桩事情时，有那么一瞬间，马母几乎就要相信他的话了。换作以前，她一定会以袖擦泪，大哭一场。但见过没有痣的儿子之后，她对任何一个细节都慎之又慎。她怕自己一个疏忽，马家会全盘皆输，万劫不复。

太老爷既然说只有儿子千秋知道他仍在世，那就只有儿子能证明他说的是真是假。

她想到太老爷说孛罗帖木儿将军也知道他还活着，但她无法见到孛罗帖木儿将军，更不知道要害她马家的人是否就是孛罗帖木儿将军。

奎大人尚且信不得，又怎么能信得过孛罗帖木儿将军？

马母心中犯难。这个人也不能信，那个人也不能信，我该相信谁？什么都不相信的话，我该如何找回儿子？如果儿子不在了，我该如何找到儿子背后的真相？什么人都不相信的话，我该如何带着余氏逃离这个地方？

很快她就找到了答案。

只有她自己是可信的。拨开眼前迷雾的人，只能是她自己。

“刚才我在这里见了他，被外面的人听到了声音。我出去本是为了挡住那些官兵，没想到出来的是你。在我看来，你已病故，所以我不知道眼前的你是真是假。我儿被飞刀高手砍了头，尸身是我安葬的，所以我也不知道刚才看见的我儿是真是假。”马母平静地说道。

马母细细思量，她既不敢说眼前的人是假的，他既然来了，又暂时看起来没有什么恶意，也许后面还可以帮到马家，她也不敢说刚才看到的儿子是假的，她要看看这些似真似假的人到底要演什么戏，葫芦里到底装的什么药。

太老爷既然在这个时候出现，必定与刚才出现的马千秋有联系。因此，马母决定自己不做任何辨别，让这个太老爷自己说出缘由。他若是藏着狐狸尾巴，她是找不出来的，只能想办法让他自己露出来。

“当然不能是真的。是真的也不能说是。如果说是真的，不管是不是真的，我们马家都会遭灭顶之灾。”太老爷说道。

这似是而非的回答让马母无法捉摸。虽然太老爷说刚才的马千秋不是他们的儿子，并不能说明太老爷自己就是真的，但如果他说刚才的马千秋是他们的儿子，就能说明他并不是真的太老爷。

“你这话说了跟没说一样。”马母说道。

“事情发生了就发生了，不会因为说成那样就变成那样，说成这样就变成这样。”太老爷还是绕着弯说话，像一潭浑水，让马母看不到深浅。

“今天儿媳的表妹安生来了，给我送来一个盒子。你知道吗？”马母问道。

安生和太老爷前后出现，马母猜测他们两人可能互通有无。同样，她自己不去想这个问题，而是将问题抛给太老爷。

太老爷居然有些意外，说道：“她怎么来了？”

马母深吸了一口气，说道：“她说是来看儿媳的，但是顺道给我带来一个盒子。你猜盒子里面是什么？”

太老爷想了想，说道：“送礼？”

马母摇头道：“安生说里面是我儿千秋的头颅。”说出这话的时候，马母心肝俱颤。

“怎么会？”太老爷说出这三个字后，马上闭上了嘴巴。

马母看了他一眼，继续说道：“她说让可靠的仵作看过了，确认是千秋的头颅。”

“仵作看过了？”太老爷的下巴在颤。

“是啊……”马母盯着太老爷的下巴，觉得这种恐惧是装不出来的。

太老爷站了起来，说道：“难道我弄错了？”

马母心里揣摩他说的“弄错”的意思。难道他刚才确实将屋里的马千秋当成了真的马千秋？这么说来，他是真忘记了儿子身上的痣，还是他本身是赝品？

“你快去看看安生和儿媳说些什么！别让儿媳露馅儿！”太老爷紧张地对她说道。

马母一惊。难道太老爷知道安生来马家的目的？她在这里步步为营，要是儿媳那边出点什么问题，那就功亏一篑了！

无论面前的太老爷是真是假，去儿媳那边保证儿媳不出娄子确实是至关紧要的。马母这么一想，赶紧起身去儿媳那边了。

第四章 明 鬼

马母出了门，走了一半路，忽然想起这个太老爷说自己是墨者，又想起马千秋说那个来烧纸的猴子是墨家巨子，而墨者以巨子为圣人，皆愿为之死。如此推来，这太老爷回来不是救儿子马千秋的，而是帮助明傀回来杀马千秋的？

那么，刚才在屋里出现的马千秋不是被太老爷救了，而是杀了？说不定尸身还藏在屋里，等她去儿媳那边，他好将尸身转移？就像昨晚木雕被转移一样？

刚才太老爷说弄错了，难道是他发觉杀了个假的马千秋？

马母脑后如遭人打了一闷棍，呆立在铺石小道上。脑子里嗡嗡作响。

过了半晌，她勉强缓过神来，往前看了看儿媳的房子，又朝后看了看自己的房子，不知道该往前去儿媳那边看安生有什么企图，还是该立即回到自己那边看太老爷趁她不在做些什么。

就在犹豫的时候，马母看见余氏和安生从房子后面走了出来。安生手里拿着一截竹竿，边走边跟余氏说着话。她们应该是从屋后的竹林回来的。

马母想起竹竿炸裂的那天晚上，屋后的竹林成片倒下的恐怖情景。那晚过去之后，马母去那片竹林看过一圈，想知道为什么竹林里的竹子会在竹竿爆裂之后倒下，但是她没发现竹林和竹竿的联系。

难道安生在竹林里发现了什么？马母心想。

余氏看到马母，连忙走过来问道："婆婆，您找我有事吗？"

马母看了看余氏凸起的肚子，心中五味杂陈。这肚子里的孩子到底是不是儿子马千秋的？会不会那天晚上碰见的马千秋就是没有痣的马千秋？他害怕她发现，才故意半夜来马家，又趁黎明来临之前离开的？儿子马千秋是不是早在飞刀高手砍头之前就被人替换了？那儿子马千秋到底是什么时候就被人替换了？

马母越想越觉得匪夷所思。她的脑袋一阵晕眩。她连想要保住的孙儿都不确定是不是她的孙儿了。

“婆婆，您脸色好差，快进屋坐着。”余氏扶着马母往屋里走。

马母想甩开余氏搀扶的手。丈夫换没换人，余氏应该清楚才是。可马母怎么看都觉得余氏无动于衷。莫非她心知肚明却不说出来？

可马母不能甩开余氏的手，她还要进屋去，看看安生来这里有什么目的。哪怕无法得知儿子马千秋是什么时候被什么人换掉的，也要知道余氏肚子里的孩子是不是马家血脉。如果是，她要想尽办法保留儿子在这世上的最后一点念想。

进了屋，余氏倒了一杯茶，马母接过来喝下。

喝了茶，马母就说：“说了你可能不信，你公公刚才回来了。”

余氏吃了一惊，问道：“婆婆，您说什么糊涂话？公公不是早就不在了吗？您是不是这几天身体虚弱，看花眼了？”

马母不看余氏，却偷偷注意安生的反应。马千秋父亲早逝的事情，余氏娘家的人都知道，安生不可能不知道。

果然，安生听了不但不惊讶，反而轻轻一笑。

“早不来晚不来，这个时候倒是来了。”安生说道。

余氏转过身来，看着安生，问道：“你知道？”

安生道：“姐姐，我就是为了防着他来害你，才火急火燎赶来的。我爹还怕我来晚了，没想到刚刚好！”

“姑父知道？”余氏问道。

马母听闻余氏的姑父知道太老爷会来这件事，已经不惊讶了。孛罗帖木儿将军知道这件事，同为朝廷大将的安将军知道也就不稀奇了。说不定安将军和孛罗帖木儿将军都是幕后策划者。

余氏尚未嫁到马家来时，就知道马千秋的父亲过世得早，所以听到安生说起，一时难以相信。

安生说道：“我爹本想亲自过来，奈何前方战事缠身，所以命我赶来，一定要我告诉你们不要被墨者骗了。”

听到“墨者”二字，马母心里咯噔一声。安将军也知道墨者？

余氏问道：“墨者是谁？”

安生道：“你公公便是墨者，擅长障眼法与机关术。当年他病故，便是给你们所有人施加的障眼法，在墓地而不窒息，便是在棺材里设置了机关，既可透气，又方便被挖掘出来。”

马母不信，说道：“可是刚才他说墨者另有其人。”

安生举起手中那根两头折断的竹子，自信地说道：“不可能。这竹子就是明证！”

马母问道："这竹子怎么了？"

安生指着断掉的一端，说道："我听姐姐说了那晚姐夫回来后竹竿意外爆裂的经过。姐夫的竹竿爆裂，是因为使用者不得法。使用者以为骑着竹竿就可日行千里，夜行八百，其实是不对的。竹竿只是使用机关的一把钥匙。"

"钥匙？"马母迷惑道。

"是的。就像钥匙打开锁一样。让姐夫能半夜回来，黎明前回到营地的，并不是那根竹竿，而是隐藏在后面竹林里的机关。那机关曾在一千多年前的蜀地出现过，相传为孔明所制，名叫木牛流马，为数十万蜀军运送粮草。也有人说，那是隐藏的墨者给孔明出的主意。姐夫不知道从哪里得知这失传的技艺，改木为竹，做了一匹竹子做的流马，方便他在家里与营地之间来回。竹竿不是用来骑的，而是像钥匙一样插入竹流马，则可骑行。墨者向来隐忍，见姐夫运用墨家技艺，怕姐夫泄露墨家秘密，所以要将姐夫灭口。"

马母觉得安生的话似乎能解释得通最近发生的所有事情，但仍然不知该不该相信她。

"这跟你手里的竹子有什么关系？"马母问道。

安生道："姐夫也担心竹流马被发现，所以早有提防。他将屋后竹林的竹子以制作竹竿的方法做了同样的手脚。

只要竹竿一爆，屋后竹子便会跟着爆炸，将藏在竹林里的竹流马掩盖。”

“竹竿爆裂，为什么会让竹林也倒下？”马母又问道。

安生道：“古籍中有‘同声相应’的道理，如同弦之相应，钟之共鸣。姐夫的竹竿爆裂，引起屋后做过手脚的竹子共鸣，所以爆裂。这是我在后面发现的没能爆裂的竹子。”说着，她敲了一下手中的竹子，竹子爆裂开来。

“同声相应？”马母不明白。

安生道：“此理为墨者所知，常人不知。简单地说，如同母子一脉相承，一方有事，另一方常有感应。姐夫就是通过这种方法来隐藏机关的，既是避免被墨者发现，也是避免被朝廷发觉。竹竿不爆，相安无事。竹竿一爆，朝廷与墨者都会对他下手。”

马母脸色煞白，喃喃道：“如此说来，是我害了我儿……”

安生安慰马母道：“竹竿今日不爆，明日会爆，明日不爆，后日会爆，总有那么一天。不是您爆，就是他爆，不是他爆，就是别人爆，总有那么一个人。此事必然发生，迟早而已。您不必过于自责。朝廷要清除墨者，墨者要隐瞒朝廷。两者僵持到一定程度，必然爆发。”

马母道：“江山社稷我不懂，天下大事我不知，但为何墨者与朝廷僵持，最后祸害到我儿身上？”

安生道："姐夫在河南江北任职时，曾揭露墨者造畜术，与墨者结下仇恨。姐夫为官清正，刚直不阿，得罪了不少朝臣。因此，此事必然落在姐夫身上。"

马母道："我儿何曾得罪墨者？造畜术一事，我听我儿说起过，说是有人以羊毛遮掩贩卖孩童，是被南方商人以当归茶破解才发现的。与我儿有何干系？"

安生走到马母身边，挨着马母坐下，将炸裂的竹片放在桌上，说道："姐夫跟您说的时候改换了说法，为的是不让您担心。外面口口相传的当归茶破解造畜术的事情，我有所耳闻。羊毛遮掩不假，南方商人不假，当归茶破解也不假，但哪有那么巧的事？"

一旁的余氏忍不住问道："难道是设计的？"

安生点头道："此事真相我是知道的。姐夫在河南江北任职时，发现了造畜术的秘密，于是买通一个南方来的商人在饭馆等候赶羊路过的人，等羊入了围栏，就将当归茶倒入食槽，破解造畜术，使得赶羊人暴露。"

"那赶羊人是墨者？"马母问道。

"正是。"

"墨者不是相信善恶有报吗？怎么会做这种伤天害理的事情？"马母想起刚才太老爷说的那些话。

安生面露惊讶，问道："您是怎么知道墨者是信奉明鬼的？”

马母听到“明鬼”二字，又想起儿子小时候跟她说的世上有鬼的话，以及太老爷说的那句“那时候他还小，不理解明鬼真正的意义”。

但是马母自己并不清楚“明鬼”到底有什么意义。

“我……以前听人说过，虽然我没见过真正的墨者。”马母说道。

安生道：“哦，您说得对。墨者信奉明鬼，认定世上善有善报，恶有恶报。有时候报应并不是自然而然来的，而是他们暗地里为之，让世人相信世上确有报应这回事。但这只是他们的信条之一。他们还有一个更重要的信条，那就是‘非攻’。非攻的意思从字面就能理解，他们反对侵略，反对战争。”

马母回忆起马千秋讲的墨子与鲁班的对峙。“非攻”确实是墨子坚持的理念。

“墨者为了阻止大元一向对外扩张的战略，有意在河南江北一带动摇民心。那时河南江北一带连年灾荒，但苛捐杂税繁多。工部在此地修河修堤，官吏贪污舞弊，克扣工钱。百姓早已忍无可忍。孩童消失案终于使得民愤爆发，朝廷害怕暴民生变，只好抽调兵力维持河南江北。这样就牵制朝廷兵力，减少对外战争。谁知在工部任职的姐夫半路杀了出来，破坏了墨者的计划。墨者本想除掉姐夫，却发现姐夫擅长用竹子做机关，又是巨子奎大人的下属，转而想拉拢姐夫，甚至许以巨子身份。但姐夫与墨者理念不同，不相为谋。有的墨者见牵制无望，转而加入明教，试图推翻大元。墨者也想拉姐夫加入明教。姐夫从而得知许多明教相关的秘密。朝廷发觉姐夫与反元势力接触，起了疑心，所以借‘千秋’二字诬陷姐夫。后来姐夫出狱，朝廷又找到他偷偷回家的机会加之谋逆之罪，取其头颅。”安生做了个手起刀落的姿势。

马母见安生以手作刀，横空一劈，不禁后背冒汗，想象着儿子马千秋被飞刀高手砍掉头颅的一幕。

让她没有想到的是，儿子生前曾站在支持大元还是推翻大元的抉择之中。

“我夫君已死，墨者为何还要来骗我们？”余氏问道。

安生指着马母房子的方向，说道：“因为姐夫掌握墨者和明教许多秘密，他们怕秘密被朝廷知道，所以必定想方设法把你带走。带走了你，也就带走了肚子里的孩子。这样，无论姐夫是真死还是假死，都不敢向朝廷公开墨者推翻大元的秘密计划。”

“墨者要以我们为人质？”余氏有些慌张。

“正是。”安生道。

马母抓住安生的手，心生一线希望，口干舌燥地问道：“安生，你不是说那个盒子里装的是我儿千秋的头颅吗，何出真死假死之言？莫非我儿还有可能活着？”

安生拍拍马母的手，叹气道：“我说真死假死，是因为墨者不知道姐夫是真的被杀了，还是仍然活着。只有我们知道姐夫的头颅已经在那个盒子里了。”

马母感觉伸出去的手忽然沉重无比，几乎没有办法从安生那里收回来。

不过从安生这里得知儿子马千秋偷偷回来过，说明余氏肚子里的孩子确实是她的孙儿，马母心里稍稍宽慰，身体慢慢感觉力量在恢复。

她要重新抖擞起精神来，继续与这些虚虚实实、真真假假的人斗智斗勇。无论是谁来，她都不能让心怀敌意的人得逞。

马母问安生道：“你说我们马家的太老爷是墨者，刚才太老爷告诉我你姐夫曾经的上司工部尚书大人才是墨者。我该相信谁？”

安生笑道：“我就猜到他会这么说。这还不简单吗？他们都是墨者。”

“都是墨者？怎么可能？”马母不信。

安生道：“太老爷说的那个墨者，自称为明傀，对吧？”

马母点头。

余氏在旁默不作声，但听得认真。

马母心想，余氏或许跟她一样迷茫，完全弄不清状况了，问了也白问，听到的回答也不一定对，干脆不问，先作壁上观。

她不由得心疼起余氏来。

“明傀便是明面上的傀儡的意思。他以自己的遭遇获得您的同情，打动您，让您相信他，进而获得他想要的信息，做成他想做的事情。他是不是问了您姐夫是不是还活着？”安生说道。

马母点头。

“您没有告诉他吧？他是不是又希望给您提供帮助？”安生又问道。

马母又点头。

“您拒绝他了吧？”安生继续问道。

“是的。”马母回答道。

“这就对了！”安生自信地笑了笑，说道。

“怎么就对了？”马母问道。

“您想想啊，墨者会这么轻易地放过你们吗？不会的！正因为明傀在您面前这样卖惨都失败了，他才指使消失多年的太老爷回来，让太老爷将你们带走。他作为一个与姐夫有类似经历的人，又是姐夫曾经最崇拜的人，都不能带走你们，所以他只有让本是你们马家人的太老爷带走你们。为了防止老夫人您怀疑他们是一起的，明傀必定交代，让太老爷说自己跟明傀是对立的。”安生在房间里来回踱步，一边走一边说。

马母还是不相信。太老爷是她共同生活多年的丈夫，马千秋是他亲生儿子，太老爷怎么会亲自将马家血脉送到明傀手里做人质？

马母看了一眼余氏，余氏还是只听不说，好像那张嘴已经不会说话了一般。

安生在马母面前站住，说道：“我知道您不相信，也不愿意相信。可是这么简单的事情您还看不出来吗？太老爷当年假死，就是墨者为之，利用草药、机关，让太老爷死而复生。明傀就不用多说了，正是因为他是巨子，才遭受造畜术的折磨。要我说，他这痛苦是自作自受，以其人之道还治其人之身。他们都是墨者，有着相同的信条，以其他墨者为兄弟，已经是墨家的人了，不是马家的人了。”

“他是墨家的人，不是马家的人？”马母浑身一颤。

“对啊。我爹早就料到会这样，所以差遣我过来提醒你们，免得后悔莫及。”安生道。

“他是墨家，不是马家？”马母又喃喃说道。

虽然上了年纪，这几日又浑浑噩噩，她来这里的半道上还是已经想到了这一点。但想到归想到，真听人说出来，却难以置信。

“墨家……不会是这样无情的吧……”余氏终于又开口说了一句，声音怯怯的。

马母觉得意外。让她意外的不是余氏突然说话，而是余氏突然说这样的话，好像余氏对墨家有过一些印象，而这些印象跟安生说的不一样。

马母想问余氏为什么这么说。但安生就在旁边，马母不敢这样问。虽然安生的话让她心头的许多疑团迎刃而解，听起来似乎没有什么漏洞，但马母还是默默告诫自己要多留一分戒心。

她终于感受到了“如履薄冰”这个词表达的心境。这个词还是太老爷尚未“病故”之前跟她说的，太老爷说，他在官场上步步谨慎，胆战心惊，如履薄冰。

此时她感觉自己走在冰冻的湖面上，脚下是薄薄一层冰，她要走到对岸去，每一步都要慎之又慎，轻之又轻。只要一步没有走好，脚下就可能出现一道冰的裂痕，她就会坠入冰冷的湖水之中。

而在这片湖的四周，没有可以伸手挽救她的人。

“那我该怎么面对回来的太老爷？”马母赶紧将目光

从余氏身上收回，问安生道。她害怕安生也对余氏的话产生联想。她要尽快将安生的思绪扭转到她这边来。

“您还不能让他怀疑您。这样的话，他就会说出他的计划，叫您一步一步走入明傀的圈套。”安生见马母这么问，露出高兴的表情。她觉得马母被她说服了。

马母说道：“叫我走入明傀的圈套？”

安生道：“老夫人您别急，我不是叫您走入圈套。我爹带我征战沙场多年，常跟我说的一句话是，‘知己知彼，百战不殆’。您要想出对付墨者的办法，就必须先知道墨者是如何安排的。然后您将他们的计划告诉我……我们，这样我们才能想出最好的应对计策。”停顿的时候，安生看了余氏一眼。

余氏则看着窗外，有些发愣。

“姐姐，你看什么呢？”安生问道。

余氏说道：“你看，那里是不是有一个人影？”

马母赶紧往窗外看去，前面是她的房子，房顶上果然有一个人影，那个人匍匐在屋脊上。屋脊比其他地方要高，将那个人影挡住了一部分，但还是露出了一些。

“墨者！”安生脱口而出。

由于惊讶，安生的声音稍大了一些，但隔了好几百步的距离，且在屋脊那么高的地方，一般人是不可能听见她的声音的。

可是屋脊上躲着的那个人似乎听到了，如同往日里栖息在屋顶的鸟雀受了惊一样腾空而起。

马母担心那个人从屋顶摔下来，为那个人捏了一把汗。

那人展开双臂，双臂后面居然有一双如同蝙蝠翼的翅膀。在那人的前方，一根绳索飞了出来。他抓住绳索，像被牵引的风筝一样飞了起来。

马母想起头天晚上破窗而出被竹耙子打落的假蝙蝠。这人莫非就是做出假蝙蝠的人？

马母跑到窗边去看，只见那个人抓住的绳索是从一棵高高的槐树上抛出来的。那棵槐树已有近百年的树龄，甚至更大，太老爷说他尚年幼的时候，槐树就已那么高了。

安生和余氏也来到窗边，看到了这一幕。安生说道："树上也有人。"

那个人钻入了槐树的繁枝茂叶中。

余氏道："不一定。如果是人抛出的绳索，不一定有这么准。这是其一。其二，在他接住绳索之前，树没有动。如果是人抛出的，人不得不使力，若使力，树枝不会不颤动。树上早就安好了机关，以难以看见的细线与他相连，一旦发现自己暴露，就触发机关，机关弹射出绳索，就如你用来打那个军官的武器一样。但那个机关比你的武器好，它弹射之后又迅速缩回，将他拽起，如放风筝，他才能飞起来。”

安生道：“有道理。没想到姐姐观察得这么仔细！”

余氏道：“安生，你忘了？我小时候爬树可是最快的。刚好今天看到你手里那个打人的东西，长了见识。至于他飞翔的方法，老夫人昨晚恰好见识过了。这三点结合起来，刚好能解答这看起来不可思议的一幕。”

“对，一根滑溜的竹竿你都能爬上去。院外有官兵把守，他不敢这样飞，现在应该还在树上，我去把他抓来！”安生说完要出去。

余氏拉住她，说道：“你不是叫老夫人别急吗？你怎么反而着急了？你抓了他，让太老爷知道了，岂不是打听不到墨者的计划？”

马母见状，也劝道：“切莫打草惊蛇。反正现在官兵把我家围得像铁桶一样，他出不去。等我问出太老爷的计划，你再抓他不迟。”

安生笑道：“是我太着急，欠考虑了。”

马母对安生道：“说句话你可别生气。我之所以来这边，是太老爷担心你骗了我儿媳，叫我来看看。现在你把话说明白了，我也不糊涂了。我一个妇道人家，整日在家操劳家务，没见过什么世面。你姐姐也差不多。我和你姐姐的身家性命，就全靠你了。”

安生道："老夫人放心，只要您按照我说的做，我保准这些墨者没什么作为。"

马母点点头。

余氏看了马母一眼，意味深长。

马母心想，莫非余氏有话要对我说？

可是安生在这里，马母不好直接问余氏那眼神是什么意思。

安生催促道："老夫人，您尽快回去看着太老爷，问出他的计划。不然到了晚上，那树上的人就会趁黑逃走。"

马母看了余氏一眼。

余氏点点头，一只手在自己的肚子上抚摩。

马母便从余氏房间走了出来，往自己的房间走。她走了一段距离，忍不住看了看远处那棵槐树。那个人应该还在树里面。

她想了想，太老爷出现的时候，马千秋已经没了人影。她的房间她当然最熟悉了，能藏人的地方，她都瞄了一眼，没有发现马千秋。莫非马千秋躲到屋顶上去了？莫非那个人就是马千秋？

莫非太老爷给的回答模棱两可，是因为他真的不清楚？

她想不到答案。

马母走到门前，发现太老爷已经在那里等着了。

太老爷见了她，赶紧问道："安生对余氏说了什么？"

马母见守卫的官兵朝她这边伸头探耳，将太老爷拉到里屋，说道："你说的果然没错！"

太老爷听她这么说，紧张地问："怎么了？她是不是要余氏跟她走？"

马母料到他会说出既定的猜测，拍了一巴掌，说道："是啊！她带了兵来，就是想把余氏带走。"

"那可不行！别上她的当！"太老爷大声道。

马母问道："我倒觉得不是不可以。你想想，明傀不是想带走我们吗？还不如让安生带走余氏，还有骑兵保护，没人能阻拦。等余氏跟着安生到了安将军那里，谅谁也不敢欺负她。"

太老爷着急道："如果说这里是狼窝，那安将军那里就是虎口。你不知道，奎大人还在工部任职的时候，就与安将军暗地里有来往。安生之所以赶来，是因为昨日明傀的诡计没能得逞。明傀自己无法说服你们，就让安生来说服你们。别以为安家与余家是血亲，安家早就归顺墨家了，以墨者为兄弟。"

马母刚刚还为自己的小计谋得逞而高兴，听太老爷这一番话简直跟安生说的一模一样，又陷入了迷惑。

"以墨者为兄弟？你之前不是说你也是墨者吗？你不

是说，当年你不假装病故，下场会跟奎大人一样吗？”马母问道。

太老爷摇头道：“唉，你不知道，这墨者也不是全部属于一派的。罢黜百家，独尊儒术之后，在朝廷当官的基本都是儒家的人，可也没少见党派之争，分庭抗礼啊！”

马母一想，似乎有道理。

“墨家亦是如此。墨子死后，墨家学派发生了分化，变成了三派。有相里氏之墨、邓陵氏之墨、相夫氏之墨。就墨者本身也有分化，墨者中从事谈辩者称墨辩；从事武侠者，称墨侠。我便是墨辩，安将军便是墨侠。我与奎大人、安将军理念不同，他们一心想置我于死地，置我们马家于死地。”

见马母仍然犹疑，太老爷生气道：“千秋是我儿子，你是我妻子，你难道相信安生，不相信我？我要是不顾念你们，之前何必假装病故，避免牵连你们母子俩？”

马母见太老爷生气，顺势说道：“那好，你说这里是狼窝，安将军那里是虎口。狼窝留不得，虎口去不得，你说我和余氏该去哪里？”

太老爷道：“我既然来了，就不会对你们置之不理。我早有计划，可以让你和儿媳安全离开。”

马母指着外面，说道：“朝廷官兵就在外面，如何离开？

安生尚有骑兵，你用双臂能将我们送出去？”

太老爷道：“自然不能大摇大摆地出去。”

“还有什么方法？”马母问道。

太老爷声音小了下来，说道：“奎大人不是来过吗？他来这里，就是想带走余氏。我们不如将计就计。你找下人来，给奎大人传个口信，就说你相信他，让他帮忙。”

“他已经走了，我叫人去哪里找他？”马母心中讶异。这太老爷自己没什么逃离的办法，居然想借明傀的方法逃离。明傀问她是否需要帮助的时候，她就知道，明傀必定是胸有成竹才会说那样的话。

太老爷道：“明傀他有备而来，肯定不会轻易离去。何况他们一人一猴，容易辨别。你叫下人去附近问问，必定能找到他们。”

马母虽然觉得这个方法可行，但太老爷让她去找明傀，难道不是因为他们都是墨者，他们都有同样的目的？

安生的话音犹在马母耳边萦绕。他是墨家的人，不是马家的人。

“找到之后呢？他们不过是一个叫花子一般的人和一只话都不会说的猴子，能将余氏从这铁桶一样的地方带出去？”马母问道。

太老爷笑道：“按照我对他们的了解，我猜他们必定用偷梁换柱之法，将余氏伪装成明傀，让明傀的随从带着余氏出去。”

马母一惊，问道：“那岂不是要将明傀身上的猴皮扒下来？他能再次忍受扒皮的痛苦吗？”

太老爷道：“不用扒下猴皮。来的时候带一身猴皮就可以了。明傀自己留在这里，随从领着余氏出去，神不知，鬼不觉！”

“原来是用这种方法！可是明傀就留在这里了，他怎么出去？”

“他出去或者躲在这里，没有太大差别。即使出去的时候被抓到，别人也以为是这猴子喜欢窜来窜去。只要被抓到的不是你或者余氏，就没有太大关系。万一引起官兵怀疑，那时候我会再想办法。”太老爷说道。

“什么时候行动？”

“事不宜迟，就今晚吧。”

马母一怔。原本马千秋也说今晚要带她们离开的。她不知道那个马千秋到底是不是她儿子。如果那个不是马千秋，眼前的人不是太老爷，那么他们肯定背后早已串通好，要在今晚将余氏带出去。

不论我能不能识破你们，也不知道我最后能不能阻止你们，但是今晚我绝对不能让你们带走余氏。马母在心底对自己发誓。

“那我叫人去找一找明傀。”马母说道。在明面上，她还不能不顺从。她不想鱼死网破，不是因为害怕这些虚虚实实的人，而是不能让余氏和肚子里的孩子冒一点点风险。

“不用了。”太老爷说道。

“不用了？”

“你去余氏那边的时候，我已经让下人去找了。你这几天太累了，好好休息，后面这些事情交给我吧。”太老爷说道。

马母没想到太老爷会趁着她去儿媳那边的时候把事情安排了。莫非他已料到我不会让下人去找明傀？

此时就算将太老爷的计划告诉安生，恐怕也是迟了。

“如果顺利的话，明傀应该在来的路上了。”太老爷朝门外望着说道，仿佛他的眼睛能穿过一切障碍，已经看见了明傀向他走来的身影。

“这么快？”马母问道。

太老爷道：“一个本就想来的人，你去找他，这有何难？为了防止他起疑心，我跟前去找他的人说了，就说是老夫人叫他来，绝口不提我。”

马母心想，这太老爷考虑得真是细致，他自称与明傀不是一条道上的人，无论是真是假，都不能说是他叫人去找明傀的。事情都已经到这个地步了，她已经无法阻止，只能找安生想办法。

“既然快来了，那我去跟余氏说说，让她做好准备。”马母想借机离开，去问问安生的主意。虽然也不知安生可不可信，但是她必定会出主意打乱太老爷的计划。

“别去了。安生在那边，你一说，她就知道了。另外，不用余氏做什么准备，等明傀来了，你去把余氏叫过来，先让明傀好言相劝，如果余氏同意，那就好办。”

“如果她不同意呢？”

“如果她受了安生的蛊惑，不同意跟明傀的随从走，明傀自有办法。”太老爷说道。

“有什么办法？”能问得更仔细一些的时候，马母尽量问仔细一些。

“只能将她打晕，塞进猴皮里，然后让人以为猴子昏厥了，叫人抬出去。”太老爷说道。

马母道：“恐怕不妥吧。她怀有身孕，这样怕她受不住，肚子里的孩子也受不住。”

太老爷道：“放心，只是让她暂时昏迷，出去了自会醒过来。”

“这……你都安排好了？”马母谨慎地问道。太老爷刚才还说与明傀不相容，此时说起来好像明傀听了他的安排一样。

太老爷笑了，说道："这些不是我安排的。不过是知己知彼，我曾与他同朝为官，又同为墨者，我能想到他会想到的手段。"

太老爷这话让马母不合时宜地想到了墨子和鲁班的对话。鲁班说想到了怎么对付墨子，而墨子说他想到了鲁班会怎样对付他。难道鲁班也是墨者？或者与墨者相似？

这么说来，一切都在他的掌握之中了？马母看着面前的太老爷，心中恐惧地想。

"万一……万一官兵发现出去的猴子是余氏，怎么办？毕竟……余氏的体型跟明傀不一样。"马母担忧地问道。

"你大可放心。我不是一个人来的。"说到这里，太老爷抬手指了指头顶，"屋顶上有我带来的人，他们会按照我的计划行事。他们使用的是我改造之后的弩，百发百中。要是发现有人阻止我们的计划，屋顶上就会有冷箭射出，让他当场毙命。"

马母摇头："这是你的计划，不是我们的计划。你都没跟我商量一下。"她听出来他的语气中有威胁的成分——屋顶上的人会射杀不按照他的计划进行的人。

太老爷笑道："我这么做不都是为了你们好吗？"

“真的吗？”马母看着他的眼睛问道。

太老爷直视她的眼睛，不躲避。

马母本想看看他是慌乱还是镇定，可那双眼睛如看不见底的深渊。什么都看不到，反而让自己心中生出站在悬崖边的恐惧。

“你变了。变得我都不认识了。”马母鼓起勇气说出这句话。

太老爷移开目光，缓缓道：“我知道你猜忌我，认为我不是你丈夫。你不敢说出来，但我知道。我是变了，变得我自己也常觉得陌生。但人都是会变的，万事万物都在变化。院里的树，你今年看到的，还是去年看到的那棵吗？叶子绿了又黄，黄了又绿，叶子不是原来的叶子了；树枝断了又长，发出新的枝条，树枝不是原来的形状了。你说它还是那棵树吗？说是也是，说不是也不是。”

说着，他眼角流出了一行泪。

“你知道那棵树为什么会变吗？是世间冷暖。因为春暖而绿，因为酷冷而黄。”太老爷又看向马母，眼睛里的深渊不见了，居然有痛苦的神色，“你们让我体会过暖，而那次无可奈何地离去之后，我体会了太多世间的冷。我就像那棵树，我还是我，可我也已不是我了。”

马母见太老爷流泪，心中也为之一酸，眼眶湿润。太老爷说是世间冷暖让万物变化，让他变化，马母是相信的。世间有冷暖，冷暖唯自知。太老爷经历的事情，她没有亲身经历，不知道其中有多少艰难苦涩。但是，她仍然分不清太老爷这番话是情之所至，还是故意说给她听，用来打动她的。

此时她不敢继续说一句怀疑他的话。万一他说的都是真的，她怕伤了他的心。

太老爷抹掉眼角的泪，深吸一口气，恢复成冷峻的样子，说道："明傀已经快到大院门口了。我先避一下，你千万要记住，这都是你的安排，不要在他面前提到我。"

马母问道："你怎么知道他快到门口了？你有千里眼不成？"

太老爷却指着窗外一棵枝繁叶茂的树。树上居然挂了一件红布衣。

马母惊讶道："今天风不大，怎么把晾着的衣服吹到树上去了？"早上的时候，马母看到下人在晾衣的竹竿上晾了许多衣服。树上那块红布衣是其中一件。

太老爷道："不是风吹上去的。是我的人给我的暗号，让我赶紧藏起来，所以我知道是明傀要来了。这是墨者常用的方法。生活中偶然遇到奇怪的事情，即使不可能，遇到怪事的人也会想出他认为合理的解释。比如明明东西放在这里的，却找不着了。你不会怀疑东西移动了，却会怀疑自己记错了，虽然你没有记错。过两天，那东西在别的地方发现了，可能你想了想，不可能放在这里啊。可是你想不出其他解释，于是认为或许是自己又记错了，或许是猫狗之类的把它叼到这里来了，或许你原本就放在这里的。总有一个解释，能让你自圆其说。”

太老爷一边说着，一边朝那棵树做了一个手势。

树上的红布衣缓缓滑落下来，落在了地上。

“它在树上，你就会认为是风吹上去的。它落在了地上，你就会认为是掉下来的。”太老爷看着那件红布衣，继续说道，“用已有的物件做暗号，被发现的可能性非常小。”

马母仍然朝树上看，想看看树上的人是不是在余氏房里时看到的那个人。

太老爷侧头看了马母一眼，笑道：“别往树上看啦。你看不到他的。就算你现在过去，站在树底下往上面看，都看不到他。”

马母不信，说道：“难道他是方仙道的人？”

马母这么问，一是想知道树上的人为什么看不见，二是再次试探太老爷。太老爷“病故”之前，曾给她说过一次方仙道的术法，说是修习方仙道的人可以隐身遁形，为常人不可见。

太老爷若是问方仙道是什么意思，那么他必定是假的。

太老爷摇头道："哪有什么方仙道，障眼法而已。墨家不是道家。刚才你看那衣服从树上落下，就盯着树上看，想看到树上人的容貌。实则那人一直躲在衣服后面，随之落地，然后借旁边的水缸藏身，再隐匿别处。他已不在那里了，所以你看不到。"

马母恍然大悟。

她赶紧往院子里的大水缸看去，希望看到一只鞋或者一片衣角。那水缸几乎溢满，一个葫芦水瓢漂在水面上。水面泛起微微波纹，水瓢如泛水小舟，左右摇晃。应是有人碰了那口水缸。

这时，太老爷道："明傀来了。你去门口迎一下。"

第五章 机　关

马母走到门外，看见下人先跨进门槛。

一只猴子随后而入。

接下来的一幕让马母始料未及。

紧跟猴子进来的，居然不是昨天那个人，而是一个面色苍白，一身红衣且撑了一把红伞的柔弱女子。

等那柔弱女子走近一些，马母感到一阵阴冷之气扑面而来。那张脸让马母难受，虽然五官漂亮，但过于苍白，仿佛是一张死人脸。而她手里撑着的伞颜色鲜艳得喜庆，与她的脸形成巨大反差。

猴子上次来过，官兵不会拦住它。这女人也被放了进来，应该是官兵不敢碰她，怕一碰她就会倒下。

这么虚弱的人，官兵应该不会觉得她能做出什么意外的事来。

下人走到马母面前，施礼道："老夫人，他们来了。"说完，下人往马母身后瞧，或许是想看看叫他去找人的太老爷去了哪里。

"昨天那个人呢？"马母问道。

下人道："我找到这只猴子的时候，它身边只有这位姑娘。"

马母点头道："好的，辛苦你了。你下去吧。"

院门外的官兵探头往这边看。他们对这个撑伞的女人颇为好奇。

下人走后，马母侧身邀请女人和猴子进屋，说道："两位辛苦了，屋里喝茶。"

猴子和女人先后进了屋。

马母忍不住朝房间各个角落里看，虽然她知道不可能看到太老爷，但仍然感觉能在屏风后面看到一个若有若无的人影，或者在门下看到一双站立的脚。

不过她没有看到。

猴子见周围没有别人，便对那柔弱女子指手画脚，咿咿呀呀地说话。

柔弱女子已经收了伞，小心翼翼地放在身边，倾斜了身子听猴子含混不清的语言。

“明傀说，老夫人怎么心神不宁？”她听完，说道。

马母收起游移不定的目光，拿了茶壶和两个茶盅，回到桌边，叹气道：“不瞒您说，我总感觉屋里还有人。我感觉我儿还没有死，他就在这里，但不跟我说话。”

明傀又咿咿呀呀比画了一会儿。

女子说道：“明傀说，老夫人的心思他明白。很多人刚刚失去亲人的时候，都会仍然感觉亲人还在。”

马母倒好茶水，分别放在猴子和女子身边，说道：“是啊。我现在只有余氏和她肚子里的孩子两个亲人了。我让人找您来，是想请您帮忙，将他们救出火坑。昨天我一时没有想通，还请您不要生气。”

猴子摆摆长满了猴毛的手，然后一只手端起茶杯，另一只手提起茶杯盖，小喝了一口茶。其举止如衣食无忧的权贵之人。可是一个浑身长毛的猴子做出这样的动作，让马母既觉得诡异又心生同情。

喝了一口茶后，猴子又对女子比画了一阵。

女子对马母道：“明傀说，他之所以没走远，就是盼着您回心转意，叫他回来。关于救走余氏的事情，他早有准备，请老夫人您放心。另外，明傀要我给您介绍一下我自己。小女公输苒苒，祖先曾在大宋修内司担任工匠，后因营造功绩补官为进武副尉。元兵攻陷宋都后，因所制器械伤元兵甚多，我家被罚世代男为奴女为妓。家道虽败落，技艺犹流传。隐忍存活至今，已有七代。我便是第七代传人。”话说得太长，她有些喘不上气。

马母安抚道：“喝口茶，慢慢讲。”

女子稍作休息，又道：“我刚进门，就发现您这院子里的房子，都经过高超匠人修改，虽然外表没有任何变化，但成了机关重重的多宝格。”

“多宝格？”马母觉得这个名字非常熟悉，似乎在哪里听过。

女子咳嗽两声，点头道：“多宝格一般为官宦或皇室玩物，平常人难得一见……”

“我见过。”马母想起来了，儿子千秋新婚之时，曾送余氏一个叫“多宝格”的东西，让余氏收纳小巧的首饰。乍一看，那东西是个四四方方的简单盒子，但里面层层分隔，箱盖中有盒、盒中有套匣、套匣中又有屉，辗转曲折，精巧繁复，如同迷宫。多宝格长宽不过一尺左右，但其所藏珍玩，可多达数十，乃至百件，因此把玩时常有寻寻觅觅、扑朔迷离的趣味。

“你说我的房子是个多宝格？”马母难以置信。她在这里生活了大半辈子，从来没有发现自己住在一个大型的多宝格里。公输苒苒说这房子被高超匠人修改过。可她不曾发现有人动过家里墙壁房梁和门窗，那人如何能避开她的视线完成改造？

公输苒苒抬头看房顶，看到了房梁上那道搬山术留下的痕迹，抿抿嘴，说道："鬼斧神工啊！我也是头一回见这么大的多宝格。堪比地下皇陵的机关！"

马母生气道："真是折杀老身了！老身就算百年了，也不敢住进皇陵啊。"

公输苒苒马上道歉："老夫人见谅！我没有别的意思，只是祖辈所用的机关，最难的和最好的都用在皇陵里，皇陵里所运用的机关术可以说是这世上最好的。我见这房子机关重重，一时失言冒犯。"

"这里机关重重？姑娘危言耸听吧？我在这里住了二十多年，从未见过什么机关。"要是在儿子马千秋出事之前，她说这话必然非常坚定，毋庸置疑。但在房间见过木雕，见过假蝙蝠，又经历种种怪事之后，她说这番话已经没了底气。此时的她与其说是质疑公输苒苒，不如说是讨教。

公输苒苒又喝了一口茶，将那把红伞拿在手中，说道："老夫人没有发现机关，要么是因为制造机关的人没有使用过，要么是没有在您眼前使用过。要想触发这些机关，说来容易，也没那么容易。"

公输苒苒一边说着，一边将红伞的伞尖往旁边那把没有人坐的椅子下方戳去。

令人惊讶的一幕发生了！那椅子居然往下一沉，矮了半截。

公输苒苒在旁说道：“这是为了防止椅子翻转的时候脱落，用了嵌入的方式固定它。”

果然，椅子下方的地板出现了裂缝。整块裂开的地板翻转，地板的另一面居然与刚才那一面一模一样，上面也有一把嵌入其中的一模一样的椅子。

马母目瞪口呆！

椅子缓缓升起，升到与旁边的椅子一样的高度。

公输苒苒说道：“要是刚才椅子上坐了人，那么那个人就会被隐藏到地下的密室里去。这房间里就像从来没有过这个人一样。若是那个人并不是运用机关术的人，无意之间触发了机关，那么他就会被关在地下的密室里，等待他的只有死亡。这个机关设置非常巧妙，一般来说没人能触发它。就算用手碰到了，它也不会翻转，必须用伞尖触发，就像某个铜锁必须用某个形状的钥匙才可以打开。”

马母心想，莫非在这个房间里消失的马千秋和太老爷都是以这种方式藏起来的？

公输苒苒伸手抚摩那把椅子的扶手，说道：“当然了，世上没有完全一模一样的椅子，即使式样相同，这木头上的纹路也不会完全相同。”

马母觉得有理，赶紧看那椅子上的纹路。可是她不记得这椅子上的纹路到底是什么样子的，就如记不住儿子马千秋脸上的细节。

“可是谁会记得那些纹路呢？即使是最熟悉的东西，比如这窗户上有多少根窗棂，是多了一根还是少了一根，您不会知道。或者您常经过的长阶，是多了一级还是少了一级，您不知道。”公输苒苒说道。

院子里通往粮仓的一段路上，确实有一段长阶，从低到高铺了二三十块石阶。马母常从那里过，此时一想，确实不清楚那段长阶有多少级。

马母又看了看近处的窗，窗棂纵横交错。如果有人换了式样差不多但少了一根或者多了一根的窗棂，她确实不能发现，因为她从未关注过那窗棂横有多少，竖有多少。

原来身边熟悉得不能再熟悉的东西，其实也没有那么熟悉。

公输苒苒站了起来，走到一面墙前，她将手里的伞掉转，握住伞尖，以钩状的伞柄指了指墙角下的六方形猫洞，说道：“如果我没有看错的话，这里也有一个触发机关。”

马母从未养猫，那个猫洞在她嫁到这里之前就有。马母曾问太老爷，家里没有猫狗，为什么要留这样一个猫洞。

太老爷那时候回答说，他母亲在世时曾养猫，猫又是晚间行动的动物，门窗到了晚上会关闭，所以特意留了这个洞，方便猫夜间进出。

“这不是一个猫洞吗？能有什么机关？”马母将信将疑。

公输苒苒笑了笑，将伞柄伸到猫洞口，将钩状的尾端转入猫洞中，然后试探着要钩住什么。

马母屏住呼吸，手心冰凉。

猴子不言不语，目光里对公输苒苒充满信心。

马母忽然明白为什么今天是这个女人跟着明傀来了。应该是昨日明傀已经看出房子里有机关，于是带了这个机关术传人来。这女人自然也是墨者，也听命于巨子明傀。

“有了！”公输苒苒打断了马母的思绪。

接着，公输苒苒在马母大为诧异的目光下，轻轻拽动伞，将那半面墙拖动了三四寸的距离！

公输苒苒松开了伞，那半面墙又缓缓回到原处。

“不是我有神力，是墙下面安装了抹了桐油的滚轮，只要知道如何触发机关，就可以不经过门窗，从这里出入。人身撞墙，如以卵击石，传说中的穿墙术，其实是这样来的。”公输苒苒重新握住伞柄。

马母一阵晕眩。

“这些机关老夫人没有发觉，而制造机关术的人运用自如，是因为老夫人不知道如何触发机关，而制造这些机关的人，用的是日常生活中普普通通的东西作为触发钥匙，比如说一把伞。有些制造机关的人，触发的钥匙做得非常精致，形状独特，那是因为他们只懂得器械巧妙，不懂得人心巧妙。那些精致的钥匙一旦被发现，就会引起别人的怀疑，而人们常用的普通物件，作为钥匙确实不够精巧，却能让人忽略。懂得人心与器械之间的联系，才能成为真正的机关大师。”

“这么说来，在我住进这里之前，房子就已经做好了机关？”这么大的工程，不可能在她眼皮底下完成，而她毫无知觉。

公输苒苒将伞当作拐杖，支撑着她虚弱的身体，缓缓点头，说道：“是的。”

这时，猴子走向公输苒苒，指手画脚地说了一番。

公输苒苒听完，看着马母，惋惜地说道：“老夫人，恐怕我们今晚不能帮您带走余氏。”

马母愣了。

“等我们给余氏换上猴皮，就会被操控这些机关的人关在这里，永远出不去。而他们就能轻松带走余氏，借刀杀人。余氏一旦遭遇不测，官府必定认为是明傀杀死了余氏。这种狠毒的手法，只有害死您的儿子马千秋的人做得出来！”公输苒苒咬牙说道。

太老爷设计让明傀来带走余氏，竟是为了借刀杀人？马母这样一想，身子凉了半截。

“不瞒你们说，我今天叫您来，是别人指使。他们说你们有救出余氏的办法，猜到你们会用偷梁换柱的方法将余氏塞进猴皮里，说不如先让你们用此计脱身。”马母将太老爷的计划说了出来。

公输苒苒用一把伞让马母重新发现生活了多年的房子，用最直接的方式揭开了太老爷的秘密。马母不得不重视公输苒苒的推测。这种可能性太大了。她本想让安生牵制太老爷，让太老爷反过来牵制安生，从而达到自保的目的。眼下她是无法利用这种牵制了。

当然，马母在心里警告自己，即使太老爷真的连自己的儿媳与孙儿都不认了，她仍然不能相信这个公输苒苒。

既然安生看起来无法牵制太老爷，那么不如让公输苒苒和明傀牵制太老爷。而让公输苒苒和明傀牵制太老爷的唯一办法，就是让他们知道太老爷的计划。“知己知彼”，这是太老爷教她的方法。她要让明傀对太老爷也“知己知彼”，于是将叫他们来帮忙的真实情况说给他们听。但是她隐去了太老爷，只说“他们”。

马母自知无论是安生还是太老爷抑或是明傀，她都不是对手。在他们面前，她要以一己之力阻挡，无异于螳臂当车，蚂蚁撼树。她只有从中周旋，让他们互相扰乱，才能保住余氏和自己。

这或许也是“四两拨千斤”吧。我是四两，他们每一个都是千斤。马母心想。

明傀对着公输苒苒指手画脚。公输苒苒点头，转而问马母：“明傀问，你说的他们是谁？”

马母料到他会这么问，无法避过，只好回答道：“一个是安生，您曾为工部尚书，又被人陷害流放边疆，应该认识她的父亲——戍边的安将军。另一个是我丈夫，早已病故，今日却忽然回来，我分不清他说的是真是假。他们两个人都是今天来的，都要想方设法帮我带走余氏，我不知道该相信——”

不等马母说完，明傀就咿咿呀呀地说了起来，看起来非常着急。

马母见状，等明傀先说。

明傀说完，公输苒苒转述道：“明傀说，他们是商量好了一起来的。至于马老大人回来，完全在明傀的意料之中。十多年前，马老大人突然病故，他就觉得可疑。刚才听老夫人一说，更印证了他当年的猜疑。马老大人此次回来，必定是孛罗帖木儿将军指派。”

马母头皮发麻。

“您怎么知道他是由孛罗帖木儿将军指派？”马母问道。她已听到太老爷说孛罗帖木儿将军知道他的病故假象，这与明傀的说法不谋而合！

明傀又跟公输苒苒比画了一阵。

公输苒苒道：“明傀说，看来老夫人已经知道马老大人是孛罗帖木儿将军那一派的了。老夫人您不了解朝廷党派之争的激烈与险恶。马老大人当年假装病故，一定是因为党派之争。而在朝为官的人，大多知道孛罗帖木儿将军与安将军理念相近，力主对外杀伐扩张，罔顾民怨。他们两人表面没有联系，是为了防止皇帝猜忌。毕竟他们同为边疆将领，军事重臣。暗地里，他们相互支持，荣辱与共。明傀为工部尚书时，已经觉察到他们有某种共同的秘密——”

马母打断道：“不可能！今天安生要我防着太老爷，太老爷要我小心安生——”

明傀更加着急了，他干脆撇开公输苒苒，自己走到马母近前，拽住马母的袖子，呜呜哇哇地叫唤。

马母吓了一跳，往后退步。

公输苒苒赶紧说道："老夫人见谅！明傀害怕您中了他们合谋的计！明傀刚才说，安生与太老爷故意在您面前对立，这样的话，您相信他们之中一个是来害您的，另一个是来救您的。最后无论您选择相信谁，按照谁的计划行事，最终都会中了他们的计！"

明傀以手比画，一会儿摇头，一会儿点头。

马母看明傀的手，他先两只手的手背朝上，拼命摇头，然后一只手的手背朝上，另一只手的手心朝上，用力点头。

马母明白他的意思——安生与太老爷本来同为一派，如同都是手背，如果不故意对立，可能都无法获得她的信任；如果故意对立，让马母认为他们一黑一白，那么马母至少会按照其中一方的计划办事，从而让他们得逞。

马母抓住明傀那双毛茸茸的手，感激道："多亏您的指点！我差点就让余氏跟着他们走了！"

公输苒苒叹道："这个计谋真是巧妙！让您认为他们其中一个是好人，另一个是坏人。防不胜防啊！"

马母看了公输苒苒一眼，淡淡一笑，说道："姑娘，别被好坏迷了眼。世上没有好人坏人，只有人。"

公输苒苒听马母这么说，一脸迷茫。

焦躁的明傀安静下来，默默地看着前方，仿佛灵魂出了窍，一时失了神。

马母看着他们，心想，这姑娘或许没有听懂，明傀应该深有体会。

马母忽然感觉心里清晰了许多。这几日里，她经历了太多的事情，越发感觉身边的一切变得虚幻。人不是以前的人，物不是以前的物。真真假假，假假真真，乱花迷眼。熟悉的一切忽然变得陌生，这让她惶恐，让她害怕。

刚才听完公输苒苒的话，她以为自己会更加迷惑、更加惶恐，但结果不是这样。

她感觉自己回到了熟悉的地方。人还是原来的人，物还是原来的物。太老爷还是原来的太老爷，无论他要做什么，都是他二十多年前要做的。余氏还是原来的余氏，无论她做了什么，都是她嫁入马家之前就要做的。马千秋还是原来的马千秋，无论他是生是死，都是他预料之后做出的决定。

安生、明傀、安将军、孛罗帖木儿将军、朝廷其他大臣、大都的皇帝、她身边的下人等，从未有过变化。他们做着自己认为正确的事情，维护着自己想要维护的人，秉承着自己坚信的理念。

没有好与坏，没有对与错。在她这里对的，在别人那里不一定对。在她这里善的，在别人那里不一定善。

她之所以迷茫恐惧，是因为执着于分辨好坏善恶。而她所认定的好坏善恶，无法衡量眼前发生的事情，无法衡量这世间的万象。

“这么说来，你们是没有办法帮我了？”马母问道。

明傀回过神来，摆摆手。

公输苒苒道：“天无绝人之路。此法不行，我们再想其他办法。”

明傀略作思忖，对着公输苒苒说了一番话。

公输苒苒说道：“明傀说，既然他们用机关术对付我们，我们何不以其人之道还治其人之身？”

马母问道：“明傀的意思是……你们用机关术对付他们的机关术？”她环顾四周，不知道这房屋里还有多少处机关。这要如何对付？

公输苒苒跟着马母环顾周围，说道：“这些机关确实巧妙得很，隐藏得很好。好在这些机关是由一个人做的，不是许多工匠一起制造的。”

“这有什么好？”马母心想，公输苒苒进来的时候赞叹从未见过这样的机关，可见制造这些机关的人远超公输苒苒往日所见的墨者。若是这些机关是普通墨者所制，不是更好对付一些吗？

公输苒苒咳嗽几声，移步到刚才翻转出来的椅子边，缓缓坐下。

她不坐没有机关的椅子，却坐刚刚证明是机关的椅子。

这让马母有些担心。

马母道：“姑娘还是坐这边的椅子吧。”

公输苒苒对马母的担忧报以感激的笑，嘘了一口气，将伞挂在扶手上，然后放松身体，靠在椅背上，轻声道：“老夫人不用担心。机关就是人心。机关所能，人心所想。这机关是一个人做的，那么只要猜透那个人的心，就能了解这些机关。有一句话叫作‘机关算尽’，说的便是人的心思。”

马母领悟了。

“一个人的心思不难猜。许多人心思不一，所以难猜。所以一个人制造的机关容易对付，许多人一起制造的机关不容易对付。”马母说道。

公输苒苒点点头，闭上了眼睛，似乎要享受这把椅子带来的舒适，体会片刻间的惬意。

马母觉得公输苒苒此时的行为比较怪异，但见她脸色比刚才还要难看，苍白如纸，以为她需要休息，便安静地等待，不打扰她。

明傀蜷缩在椅子上，充满期待地看着公输苒苒。这时候的他跟真正的猴子好像没有什么区别了。

马母心想，明傀会不会有时候不自觉地把自己当作只猴子？

不一会儿，公输苒苒睁开了眼睛，脸色并没有好一些。

猴子从椅子上跳下，连蹦带跳地走到公输苒苒面前，双手比画。

公输苒苒摇摇头，说道：“制造这个机关的人的心思还真是难猜。我要到下面去体会一下。”说完，她拿起伞，往先前触发过机关的地方戳去。

椅子往下一沉，她双手抓紧扶手，随着机关翻转了下去。一把空椅子从下面翻转上来。仿佛公输苒苒忽然变成了看不见的人。

马母心想，这也许是隐身术的障眼法之一吧？世上很多听起来或者看起来玄而又玄的术法，应该都是用机关术解决的。

等了一会儿，空椅子往下一沉，翻转下去。公输苒苒从地下冒了出来。

马母见公输苒苒额头上许多汗珠，鬓发粘在了脸颊上。

椅子恢复高度后，公输苒苒走了下来，换了一把椅子坐下，说道：“制造这机关之人，考虑周全，看似细腻，但急于求成，有些细节能省则省。上面露出来的部分处理得分毫不差，但下面未露出来的部分锯痕粗糙，地上留有毛料。开榫打眼，都是能将就则将就。啃头逆纹，都是能忽略则忽略。画墨倒是工整，过墨则马马虎虎。”

明傀眯起眼，一边听一边思考，似乎他也能通过机关的做工推测出制造者的心思。

马母在准备儿子马千秋的婚事之前，邀了一些木匠来家里做家具，倒是听木匠说过“毛料”“画墨”之类的名词，知道毛料是用完剩下的木料，画墨是用一根蘸了墨水的绳子画线。其他的不知所云。

“姑娘，你的意思是……”马母问道。

公输苒苒道：“我的意思是他留下了一些漏洞，我们可以利用这些漏洞，让他的机关失灵，或者使得这些机关为我所用。”

明傀的眼神中露出欣喜之色。

“不过今天我们不能留在这里。除了这把伞之外，我还需要一点别的。”公输苒苒说道。

明傀点头，对公输苒苒比画了一阵。

公输苒苒说道：“老夫人，明傀说，待我们走后，您给马老大人解释一下，就说我们准备不够充分，决定明天晚上再来。千万不要让他知道我们已经了解了他的机关。”

马母心中为难。就算丈夫已经六亲不认，这明傀又如何能确定是为了余氏的安全而来？丈夫和安生即使合谋串通，这明傀又如何能保证不是与丈夫或者安生合谋？明傀说，马老大人与安生对立是故意做给她看的。那么，明傀所做所说，又怎能确保不也是做给她看的？

她不能让丈夫完败在明傀手里。就像之前她不能让丈夫和安生有任何一方失败一样。

“明晚你们确保能帮我带走余氏吗？”马母问道。

公输苒苒道：“只要您配合我们，我们定能救走余氏，不让她沦为他们的人质。”

“你们也相信我儿马千秋没死？”马母期盼地问道。

明傀和公输苒苒都不说话。

“如果你们坚信我儿马千秋已被飞刀高手砍了头，就不用担心余氏被他们抓走当作人质了。对不对？”马母问完，却害怕听到他们的回答。仿佛她的儿子是不是还在这世上，取决于他们是摇头还是点头。仿佛他们是阎王爷身边的判官，一念之间可以决定马千秋的生死。

沉默了一会儿，明傀点了点头。

公输苒苒见明傀点了头，便说道：“老夫人，实不相瞒，我们觉得您的儿子尚在人世。很可能已经回到了这里。甚至您已见过，只是不知道是他。他也跟您一样，分不清谁是黑谁是白，只能隐藏起来。毕竟他一犯错，就会连累你们。”

“你们觉得……我见过……他？”马母惊喜不已。她一直认为儿子马千秋没有死，一直感觉儿子就在近处。但是太多所见所闻证明她的儿子马千秋已经死了，甚至脑袋就在安生带来的铁皮盒子里。她不知道该相信若有若无的感觉，还是相信真真切切的所见所闻。

明傀比画一番。

公输苒苒道：“明傀说，您的儿子曾在工部任职，那里不少能工巧匠，人才济济，就算马大人是个只读四书五经的书呆子，在那个地方待久了，耳濡目染，也会变成至少半个匠人，无论如何也不会身在多宝格中而毫无知觉。依我看，他不仅知道这里是多宝格，还极有可能熟知这里的机关。”

“这……怎么可能？”马母刚说出第一个字就开始怀疑自己的判断了。明傀说她的儿子马千秋是个书呆子。马母觉得这个假设完全没有可能性。她的儿子从小就喜欢做这些东西，以明傀的前身——当代鲁班为榜样。他进入工部之后，对器械之类的研究非常感兴趣。

一个书呆子在工部都会成为半个匠人，更何况热衷于工部事务的人？

由此可知，儿子马千秋早已知晓家中机关秘密。他知晓而不改变，只有一个可能，那就是他已经熟知这里的机关，并且运用自如。

“如果我儿早已知晓这些机关，为什么不告诉我？”马母问道。

明傀比画之后，公输苒苒道：“明傀说，我不知道为什么他不告诉你，我只能确定他知晓这些机关。”

“难道……他早就想到会有今天？”公输苒苒小声说道。这句话不是她在明傀比画之后说的，而像是她喃喃自语。

马母一惊。这可能是马千秋隐瞒她的原因。他早料到自己会遭遇不测，所以隐藏这些秘密，便于一旦事发，就躲到机关里。

如果是这样，明傀说的马千秋还在人世的推测，也就合情合理了。

可是马母心中又一个疑问产生了。

儿子马千秋若是还活着，且隐藏在家里的机关中，那么，那个耳下没有痣的人怎么会在这里出现？儿子怎么会放任那个人在这里自由出入？

马母知道，这些疑问没有人会给她解答。能给她解答的人，只有她的儿子。

马母看了公输苒苒一眼，对公输苒苒和明傀的猜忌多了五六分。

“既然你们要准备，就早些去吧。但愿你们能让我和余氏早些离开这里。”马母说道。

明傀和公输苒苒便告辞。

送走明傀和公输苒苒，马母快步走回房里，倒在床上。

她发现她犯了一个大错。既然儿子马千秋极有可能隐藏在家里的机关中，那么让公输苒苒准备之后来破解机关，岂不是要让儿子暴露？

自己千防万防，最后还是主动让人破解防备？

而在此之前，安生说马千秋的头颅在铁皮盒子里，太老爷突然从房中出来，会不会都是为了给守在这里的官兵们造成马千秋已经死亡的假象？

想到这里，她手脚冰凉，仿佛要死了一样。

她以为过不了一会儿太老爷就会出现在房间里。

可是她晕晕乎乎、混混沌沌地睡到了傍晚，也没见太老爷回到房间里来。她感觉头有千斤重，似乎要将头下面的床板压断。她脑后没有放枕头，之前怎么倒下的，后来就是怎么睡着的。

本来她一直醒不过来，是余氏将她唤醒的。

“婆婆，婆婆。”余氏在床边呼唤她。

她睁开眼睛，看见余氏爬在一根竹竿上朝她叫喊。余氏爬竹竿的姿势跟她嫁入马家那天一模一样。

竹竿下面站着许多人，有儿子马千秋，有安生，有太老爷，有许多见过的和没见过的官员，有提着弯刀的官兵，有左邻右舍，还有明傀在人群里躲躲闪闪。

马母着急地对余氏喊：“不要下来！不要下来！”她本想喊“下面有人要害你”，但怕惊动想要害余氏的人，只能忍住不喊。

“什么不要下来？婆婆，婆婆，您是不是做噩梦了？”余氏轻轻推了推马母。

余氏还在竹竿上，但是那根竹竿忽然变成了儿子马千秋回家时放在门后角落里的竹竿。

“要爆炸了！要爆炸了！”马母担忧地喊道。余氏的肚子越发明显，如果竹竿爆裂，肚子里的孩子将会有危险。

“婆婆，婆婆，什么要爆炸了？”余氏一边推她一边问道。

马母恐惧地看着那根竹竿，发现竹竿末端的竹节越来越密，微微弯曲，仿佛一根拐杖，仿佛一把没了伞面和伞骨的伞柄。她心中一惊！儿子的竹竿是竹流马的钥匙，公输苒苒的红伞是多宝格的钥匙！

原来如此！

接着，她记起来了。太老爷在世时，每当下雨的时候，就撑着伞出去，在庭院里到处走，修修门，修修窗，有时候搭了楼梯爬到屋顶，修整瓦片。她取笑过太老爷：“蚂蚁尚且知道下雨前垒巢搬家，你倒是晴天不修，雨天修这里修那里。”

马千秋小时候也喜欢雨天打伞，在庭院里转悠。常常打了伞出去，却浑身湿透地回来。马母认为他这是遗传了父亲的性情。

原来他们不是喜欢打伞，不是喜欢雨天，而是借此机会修理机关。

“婆婆，婆婆，您怎么了？”余氏焦急呼唤。

这时马母看见明傀手持一把匕首，渐渐靠近那根竹竿。而周围的人似乎毫无知觉。

马母万分焦急。

啪——

竹竿炸裂。

余氏从竹竿上掉落下来。

马母吓得闭上了眼睛。

“婆婆，婆婆！”

马母听到余氏呼唤她。

她心想，余氏安然无恙吗？

睁开眼，她看到余氏的脸凑到她近前。余氏身后的人不是明傀，而是安生。

她往地上看，以为会看到炸裂的竹条，可是地上只有干干净净的地砖。其他人都不见了，四周是她熟悉的物事。这里是她的卧室。

原来刚才做了个真假交错的梦。

她坐了起来，心还在扑通扑通地跳，身上非常疲乏，额头上冒虚汗。虽然是个梦，却跟真实发生一样累。

安生倒了一杯茶过来，对马母说道："老夫人怕是操心太多，心神不宁。喝口茶吧。"一边说着，她一边将茶水递给了余氏。

余氏接了茶水，转递给马母。

马母在梦里喊得口干舌燥，此时仍然觉得喉咙里要冒烟，但她一手挡开了茶杯，费力地说道："我不渴。"

余氏将茶杯放下，问道："婆婆，公公呢？"

马母看了看站在余氏身后的安生，说道："神龙见首不见尾。我不知道他去了哪里。"

安生着急道："这就奇怪了！"

余氏问："怎么奇怪了？"

安生道："他既然出现了，到了这紧要关头，怎么会消失？"

马母也觉得奇怪。丈夫不顾"病故"的假象而出现在家中，不管是为了救她和余氏，还是像安生说的那样为了墨家信念，都不应该这个时候离开，置她与余氏不顾。

"他最后离开的时候没有跟您说什么时候回来吗？"安生问道。

马母摇头。

"他离开之后，有什么人来过？"安生又问道。

马母便将明傀和公输苒苒来之后去之前的经过说给安生与余氏听。她已有几分确定明傀不是来帮助马家的，便不隐瞒明傀和公输苒苒说的那些话。房屋是多宝格之类的说法，马母也毫不保留地说了出来。

余氏听完惊慌道："糟糕了！公公恐怕凶多吉少！"

马母见她惊慌，无缘无故地也跟着惊慌起来，问道："你公公刻意躲开明傀，两个人连照面都不曾打过，怎么会凶多吉少？"

余氏道："公公来无影去无踪，并不是因为他会飞檐走壁，也不是他会隐身术，而是像公输苒苒说的那样，公公是借助了房子里的机关。"

马母点头。她与明傀和公输苒苒对话的时候，还想着太老爷是不是躲在近在咫尺的机关里偷听。明傀他们离开后，她以为太老爷会第一时间出现，与她商量新的对策。

"您刚才说，公输苒苒用一把伞触发了两个机关。会不会她已经知道公公躲在机关里，借此机会将公公困在机关里了？那把伞既可以是打开锁的钥匙，也可以是扣上锁的钥匙。"余氏猜测道。

安生点头道："唯有这种情况可以解释太老爷为什么到现在还不现身。"

马母打了一个寒战。原来公输苒苒在椅子上翻转，并不是为了感受机关，而是借此机会将躲在机关里的太老爷锁起来！

马母说道：“公输苒苒触发了椅子和墙壁的开关，我们去将椅子和墙壁的机关再打开看看，是不是就能救出困在里面的人？”

余氏赶紧领着她们两人来到客厅。

马母在椅子下的地砖上胡乱按了一通，椅子不见沉下。

余氏道：“您别急，这开关只能用特定形状的东西打开。待我去找一把伞来。”

马母只好耐着性子等待。

安生则在客厅里走来走去，这里摸一摸，那里碰一碰，想要寻找出其他没有触发的机关。

相比之下，安生对机关的熟知程度远远不如公输苒苒。公输苒苒一进门就知道该从哪里触发机关。

不一会儿，余氏拿了她常用的伞来，在之前翻转过的椅子下面试探。椅子下方所有的地砖都被戳了一遍，可是椅子纹丝不动。

“怎么回事？她用伞明明可以的。”马母焦急不已。她拿了伞又去移动过的墙壁前，将伞柄伸进猫洞，试图像公输苒苒一样拉动墙壁。

可她一用力，伞柄就从猫洞里滑了出来。

马母放下伞，将手伸进猫洞里摸索，摸到了一个小孔。

安生捡起伞去椅子下面尝试，还是没有用。她又照着马母的样子去钩猫洞，仍是徒劳无功。

“老夫人，您确定她用的是伞吗？”安生不由得怀疑起来。

马母被安生这么一问，都有些怀疑自己了。可是她不仅看到公输苒苒用伞触发机关，还看到她打伞进门，应该不会看错。

余氏说道：“钥匙可以开锁，但是每把钥匙都有自己的形状，不是随便拿一把钥匙就能打开一把锁的。我想，这伞也不是随随便便一把伞就能触发机关。这机关必须用特定的伞才可以打开。”

余氏的话提醒了马母。

“去小阁楼！”马母灵光一闪。

“去小阁楼干什么？那里还有机关？”余氏问道。

马母摇头，顾不上解释，径直往小阁楼去了。

马母打开小阁楼的门，一股霉味扑面而来。所有的物事都蒙上了一层厚厚的灰尘，仿佛它们都生了霉。

安生咳嗽一声，赶紧捂住口鼻。

马母转身对余氏道：“你有孕在身，别进来了。”

余氏点头，回了客厅。

安生站在门口。

马母有些担心，那个耳下没有痣的马千秋说他躲在小阁楼里。那样的话，他应该会在地板上留下脚印。如果安生看到灰尘上的脚印，马母不知道如何跟她解释。

小阁楼里很暗。马母走到小窗边，将窗户打开。

光线进来，马母赶紧往地板上看，却只看到自己的脚印。

机灵的安生也在往地板上看。

马母心中犯嘀咕。那个马千秋难道可以脚不着地？或者踩在灰尘上也不留下任何痕迹？

安生果然问了：“老夫人，这小阁楼是有多久没有打开过了？”

马母捡了一根几乎脱了毛的鸡毛掸子，说道：“好多年没有用了。太老爷在世时常放一些东西在这里。你姐夫小时候也喜欢到这里来。”

安生看着马母手里的鸡毛掸子，问道：“您是要找这个？”

马母摇头，用鸡毛掸子这里拨一拨，那里翻一翻，说道：“不是，我在找太老爷以前用过的伞。”

安生喜上眉梢，说道：“对哦！这些机关是太老爷做的，他的伞肯定可以打开机关！”

马母终于在一堆废弃的东西里找到了一把伞面已经烂

掉的伞。她分不清这把伞是丈夫用过的，还是儿子马千秋用过的。不过是谁用过的都没有关系。

马母走到门口，安生掏出一把小刀，往伞柄上敲去。

马母不明所以，问道："你这是干什么？"

安生松开了手，小刀还粘在伞柄上。

"原来是这样！"安生又惊又喜。

"怎么了？"马母问道。

"这伞柄是磁石做的。地砖里应该也有磁石。同极相斥，异极相吸。不论是吸还是斥，都能让地砖里的磁石移动，从而触发机关！所以常人即使用一般的伞去触碰机关，也不会触发机关。妙啊！妙啊！"安生将小刀用力拿下，又放到伞尖上。小刀粘在伞尖上。

马母用手敲了敲伞柄和伞尖，果然跟木质或者铁质的不一样。伞尖上的磁石碎了一角，碎掉的磁石粘在旁边。马母用了一些力气才将那块碎磁石从伞尖上掰下来。

马母拿着这把破伞回到客厅，回想公输苒苒开启机关的情景，然后将伞尖往相同的大概地方碰去。她还不确定触碰的位置是不是跟公输苒苒触碰的位置一致，椅子就往下一沉。地面开始翻转。

"这么灵验？"余氏惊讶道。

安生解释道："靠的是伞上的磁石力量，其实位置只要大概正确就可以。”

马母见椅子随着地面倾斜，赶紧坐了上去，学着公输苒苒的样子，抓紧伞和扶手。

余氏道：“我们跟您一起下去！”

安生拉住余氏，说道：“一次只可以坐一个人。让老夫人先下去，我们随后下去。”

余氏道：“婆婆，您把伞留给我们吧。”

安生对马母说道：“您到了下面，也可以触发机关，让椅子再翻转一次，我们就可以下来了。”她似乎感觉到了马母对她的戒心，大概猜到马母不会将伞交给她。

马母确实不想将伞给安生。万一安生像公输苒苒一样，将她锁在机关里，那她就叫天天不应，叫地地不灵了。

有了公输苒苒和明傀的教训，她即使有几分相信安生是好人，也不敢轻易将手中的伞给她。

由于椅背的依托，即使椅子翻转幅度很大，马母也没有觉得多难受。当椅子翻转到地面以下，她以为自己会从椅子上摔下来，却有一张网将她网住，使她缓缓从椅子上滑落。她就如一条落在网里的鱼，什么都做不了，只能等待渔翁收网。

第六章
狸　猫

这地下漆黑一片。

她听到一个很小的声音。

嗯嗯嗯……

那个声音比蚊子还小，但恰好能让她听到。地面的人是不可能听到的。她循着声音传来的方向看去，什么都看不到。

又细细听了一会儿，马母听出这是女人发出的声音。这完全出乎她的意料。她之所以下来，是因为认定太老爷被困在这里。

太老爷不可能发出这种几乎要哭泣又类似娇喘的声音。

马母想了想，如果是制造机关的人落在这个网里，他该如何办？

这种考虑是从公输苒苒那里学来的。人心就是机关。按照机关即可猜测人心，按照人心也能破解机关。

她的手里只有一把伞，身子站都站不起来。如果是制造这个机关的人躺在这里，必定用手中的伞解救自己。

于是，她用伞往上方戳，可是毫无作用。

她想起太老爷在世时，有一次他在下着毛毛雨的天气里上屋顶修瓦，修完瓦下来时，楼梯已经湿滑。太老爷脚底一溜，要从高处摔下来。在屋檐下看到这一幕的马母吓得几乎要喊出来。太老爷顺手将伞柄钩在了屋檐的挑梁上，没有摔下来，却像一块晾干的腊肉挂在那里，晃晃悠悠。

这机关是太老爷做的，而太老爷从上面下来时手里只有一把伞，他该如何离开这张网呢？马母心中寻思。

她手握伞尖，用伞柄往上方试探，看看能不能挂住什么东西。

果然，她感觉弯曲的伞柄挂在了一个物体上。她双手抓住伞，使自己悬空。她用力踢腿，想像荡秋千一样荡到外面去。她这样做是多余的。因为此时网自动缓缓收起，伞慢慢往下降。不一会儿，她的双脚就落到地面了。

脚刚着地，两侧各有一个灯笼亮了起来。

灯笼很大，是红色的。

马母一眼就看出来了，这两个灯笼曾经挂在马家大门前。后来太老爷说灯笼旧了，换了两个小一些的新灯笼。

没想到它们出现在这里。她还以为太老爷将旧灯笼收到小阁楼里去了。

灯笼上面有“马府”二字，但多了一张黄色的纸，纸上写了一个“墨”字。

马母心想，这就是安生说的姓墨不姓马？

嗯嗯嗯……

那个声音转移了马母的注意力。

有了灯笼，马母看得清楚多了。

这里是一个格局跟上面几乎一样的空间，只是这里几乎都是空房间，没有什么装饰。在马母前面不远，有一个女人被捆在一根柱子上，嘴里堵着布。

而在柱子旁边，马母看到了她日思夜盼的人——她的儿子马千秋！

“我的儿啊——”马母再也忍不住了，顿时涕泪俱下，三步并作两步走到马千秋前，一把抱住马千秋。

刚抱住马千秋，马母就止住了哭泣。

这不是她的儿子。因为她抱住的不是一个温暖柔软的身体，而是一具冰冷生硬的木雕。这个木雕正是那晚消失的木雕！

木雕的脖子上还有一根粗麻绳。其大小与她在房梁上看到的痕迹相近。原来木雕并没有被转移走，而是被藏到了地下。这么大一座木雕，要想神不知鬼不觉地从马家搬走而不惊动一个人，确实不大可能。

那个被绑在柱子上的女人见马母冲过来就抱住木雕，不知道是因为好奇还是因为恐惧，停止了发声，双眼瞪圆了看着马母。她嘴里的布团松散，从嘴里垂出长长一条，如一条长舌，仿佛道观里画的索命鬼。

马母拽住那条“长舌”，将她嘴里的布条扯了出来。

“姑娘，你是谁？怎么会在这里？”马母闻到姑娘身上有一股香气。

姑娘眼睛直直地看着马母，说道：“您最好不要知道我是谁。”

马母狐疑道：“什么意思？你的名字别人不能知道吗？”

姑娘道：“看到了我，然后知道我名字的人……”她的目光突然变得凌厉，接着说道，“都！得！死！”

马母不信，心想，这姑娘年纪轻轻的怎么净说胡话？是不是在这下面被吓傻了？

马母问道：“是谁把你绑在这里的？”

姑娘道：“我也不知道。等我醒过来的时候，就在这里了。”

马母帮她解开身上的绳索。

姑娘扭头问道：“您是谁？怎么会到这里来？您就不怕放了我之后，会惹上麻烦吗？”

马母一边解绳索，一边说道：“我是来找人的，没想到被困在这里的人是你。你这么年轻，父母都还在吧？你父母要是找不到你，会着急的。”

姑娘笑道：“您是个大善人。不过您不用为我担心，即使我一直被困在这里，我父母也不会着急。”

马母道：“儿女是父母身上掉下来的肉。天下尽是不顾父母的儿女，哪有不担心儿女的父母？”

姑娘脸上的笑意忽然变得扭曲：“是吗？我养父捡到我的时候，我身上一丝不挂，连个包布都没有，也没有留下我的生辰八字。别的小孩即使被抛弃，也会放在襁褓里吧，有的还会留下一个布条，上面写着出生年月。”

马母愣了一下。她没想到这位姑娘有这样的身世。她说道：“也许你的生身父母是迫不得已才这样做的。”

绳索解开了。

姑娘揉身上被绳索勒疼的地方，眼睛在马母身上打量。

“您是马大人的母亲吧？”姑娘问道。

马母又一愣。这姑娘从哪里能看出我是马千秋的母亲？相貌吗？儿子长得跟他父亲很像，从外貌上几乎没有一个地方像我。难道她见过我？可我好像没有见过她。难道她知道我会来救她？是谁跟她这样说的呢？马千秋？还是太老爷？她既然猜测我是马千秋的母亲，那么，她应该见过我儿吧？

“你见过我儿？”马母激动地问道。

这话一问出来，马母又后悔了。如果这姑娘也是前来打探马千秋是死是活的，我这么问岂不是露了馅儿？

“他活着的时候有没有跟你说什么话？”马母补充道。

“就是马大人把我捆在这里的！”姑娘说道。

马母震惊道：“他把你捆在这里的？什么时候？他去哪儿了？”刚刚弥补的话，此时又被自己给戳穿了。她无法控制自己，只要听到儿子还有生还的可能，她就难以保持镇定，难以说话周全。儿子是她身上的一块痒肉，无论在什么样的情况下，发生什么事情，只要有人在那里挠一挠，她就无法保持应该保持的样子。

“他不是被飞刀高手砍掉了头颅吗？怎么还会回到这里来？”姑娘问道。

马母吸了一口气，缓缓吐出，说道：“我也不知道。今天安将军的女儿将我儿的头颅送来了。他如果还活着，应该是个无头人吧？是不是他的灵魂回来了？他回来拿他的头？”

马母抓住她的手，以央求的口吻问道：“姑娘，你告诉我，他去了哪里？让我再见他一面！”

“您是说我看到的是魂魄？”姑娘见她这样，眼神里充满迷惑。

“我知道他走得不甘心，一定会回来看看的！”虽然是掩饰，但马母仍然控制不住地流下泪来。无论是死是活，她的儿子马千秋一定不甘心。这里还有他的老母亲，有他的妻子，有他尚未出生的孩子。他怎么甘心就此离去？他怎么能就此离去？

姑娘从马母的手中挣脱，似笑非笑地说道：“如果我不在了，这世上没有人像您一样迫切希望找到我。”

“不会的。也许你的生身父母一直在偷偷关注你，只是没有让你发觉。你的养父母对你不好吗？”马母问道。

“偷偷关注我？”她摇摇头，“养父母养我，跟养一匹马、一条狗没有区别。要不是我相貌还算出众，恐怕地位还不如家里的一匹马、一条狗。”

“怎么会？”

“我的养父是色目人葛逻陆。”

“是他？”马母头皮发麻，如芒刺在背。

这个人的名字对所有南人来说，都是恐怖的代名词。在南人居住的地方，家里若是有小孩哭闹，大人只要说一声“再哭葛逻陆就来了”，小孩就会立即止住哭声。因为在大人的口中，葛逻陆是个专门吃小孩子的怪物。

这种传闻并不是没有依据。

葛逻陆身为商人，却比一般官员还要蛮横跋扈。他做的生意不是一般生意，而是贩卖人口。买一些贫穷人家的人，卖给一些权贵人家。他也收留许多无家可归的人，却不是因为善心，而是收养之后卖掉。他奉旨养马，少部分好马卖给有钱人，大部分马被官府收购，送往战场。因此，葛逻陆收养或者买来的人，被其他人取笑为“两脚马”。

马千秋尚未入仕之时，就曾写过讥讽葛逻陆养“两脚马”的文章，与葛逻陆结下了梁子。后来马千秋因为名字被捕，背后势力中有葛逻陆的影子。

此事马母知晓一二。

马母不懂朝政，虽然觉得葛逻陆不是好人，但心里只想着儿子平安，便劝儿子不要惹葛逻陆。

“捡一个田螺，都要隔着十二块田！”马母是这样教育儿子的。

六百多年后，逃到遥远的南方的马家子孙们还用这样的话表达“老死不相往来”的意思。

儿子却不听她的。

这次儿子落难，虽然不一定是他所为，但与这个人脱不了干系。

马母明白这位姑娘说的话的意思了。因为她长得好看，别人要从葛逻陆那里买走她，价钱就会高很多。肯定要高过一匹马。

“您知道他吧？”姑娘问道。

马母点头，问道：“这么说来，你是故意让人抓到这里来的？你是为了给我们马家栽赃，好让你养父找我们算账吗？”

“不。在养父那里，我这个两脚马已经死了好几年了。知道我名字的人都得死，是因为我不能让我养父知道我还活着！”姑娘冷笑道。

“又是假死的？”马母诧异道。

“这么说来，马大人也是假死的了？”姑娘冷冷说道。

马母一笑，摇摇头，说道：“我说的是我丈夫。我以为他已经不在人世了，没想到今天见到了他。我以为困在这里的是他，没想到遇到的是你。”马太老爷在官兵面前露了面，他“复活”的消息迟早要传出去。马母就不隐瞒了。但她不知道这位姑娘到底什么来路，必须将与马千秋有关的事情保密。

姑娘跟着笑了起来，语气缓和了许多，说道：“老夫人，您通过考验了。我是马大人派来救你们的。”

“马大人？”马母分不清她说的是太老爷还是马千秋。

“您的儿子，马千秋大人。”

“他不是……死了吗？”马母又急了起来，但立即在心里告诉自己——不要着急！不要着急！

她知道，如果确认儿子在世，而她无法在那些伪装的人面前镇定自若，就可能在明傀或者安生或者官兵或者目前还没发现的朝廷方面的人面前露馅儿。但她太渴望得知儿子的确切消息了。儿子的消息就如水中带钩的诱饵，她就是水中的鱼，明明知道诱饵里面有带倒刺的钩，但也无法摆脱诱惑。

“马大人早就料到，即使他死了，那些人也不会相信他死了，更不会对马家人善罢甘休。在离开营地，赶往京城的路上，他托人给我带了一封信，信上画了马家房子里外的机关。他叫我去找孛罗帖木儿将军，说他病故的父亲在那里，要我向他父亲寻求帮助……”

马母脑袋里嗡嗡响，有两个不同的声音在耳边萦绕。

相信她……不要相信她……相信她……不要相信她……

姑娘的声音混在其中：“太老爷得知消息后，便回到这里，躲在机关之中，静观其变。他以为可以借助明傀之手，将余氏救走，不料明傀已经看破了这栋房子的机关，带了那个军匠传人公输苒苒来，将他锁在了机关里。公输苒苒的伞不仅仅是机关的钥匙，也是她常用的武器。那把伞能射出飞针，飞针上有毒药，能让人昏迷。墨者将那伞叫作‘迷魂伞’。她自己病恹恹的样子，是因为毒能伤人，也能伤己。她回到地面之前，发射飞针将太老爷弄昏，然后拖到滚轮机关下。”姑娘指了指不远处的一排滚轮。

“那是使地面上的墙壁可以开合的机关。公输苒苒体质虚弱，飞针用完，杀不死太老爷，所以将昏迷的太老爷拖到滚轮机关下，然后回到地面，借着给您或者别人演示的机会，以磁石伞柄触发机关，地面墙壁移动，地下滚轮则从太老爷身上碾轧过去。”

马母看到滚轮上确实血迹斑斑，不禁汗毛倒立！

“他……”马母担心道。

“太老爷已被我们从秘密通道救走。他伤势严重，嘱托我留在这里对付明傀，救出余氏。我已想出对付明傀的办法，但是怕您在明傀面前泄露天机，所以捆住自己，考验了您一下。现在我可放心将解救余氏之法告诉您，我们同心协力，一起救走余氏。”姑娘说道。

“他……不会……有性命之忧吧……”马母问道。

姑娘摇摇头：“暂且不知。”

马母思量半晌，问道：“这里既然有秘密通道，为何不直接让余氏走通道离开？何必与上面的人争斗？”

姑娘道："这个方法马大人在信中写了。余氏忽然不见，朝廷必定猜疑，墨者必定掘地三尺也不会放过。若是让明傀插手，朝廷认为是墨者杀害了马家人，而墨者以为得手，不会再死缠你们。"

马母耳边质疑的声音消失了。这位姑娘说的话，完美地解释了马母所看到的一切。马母从她的话里找不到半点不合情理的地方。

"明傀明天晚上来，你有什么办法解救我儿媳？"马母问道。

姑娘道："狸猫换太子。"

马母问道："姑娘的意思是用别人顶包？让明傀把别人带走？"

姑娘道："正是。"

马母觉得不妥，说道："太老爷让我找回明傀，就是想借他之手救走我儿媳。现在按照姑娘的方式做，明傀确实害不了我儿媳，可是我儿媳也走不脱这马家大院啊。"

姑娘微笑道："老夫人，明傀救出余氏，并不在于救出的是不是真的余氏，而是做没做这件事情。这是另一种障眼法。我去余氏的房间，穿余氏的衣服。明傀和公输苒苒从未见过真正的余氏，自然把我当作余氏。当我这个假余氏被塞进猴皮之中后，更没有人能知道猴皮里面的人是不是真的余氏了。我这个余氏被救出去，那么您的儿媳可以安心进入这里的机关，从密道逃走。朝廷以及觊觎马家之人皆以为余氏被明傀所害，而明傀自己也以为诡计得逞。”

马母问道：“明傀何以自以为诡计得逞呢？难道姑娘真的要坐以待毙？”

姑娘道：“既为墨者，何惧生与死？”

见马母不相信，姑娘又笑道：“装死这种事情是本姑娘最擅长的了，连我养父都能骗过去，明傀自然不在话下。老夫人把心放回肚子里吧。我们与明傀虽然理念不同，但同为墨者，了解他们怎么想的怎么做的，能在让他们相信杀死了我的情况下逃脱。”

“知己知彼？”马母忽然想到了太老爷说的这个词。

姑娘点头。

“你们都是墨者，却互相较量。”马母摇摇头。

姑娘不以为然道：“儒者同朝为官，还有党派之争。我们同世为人，还有尔虞我诈。老夫人，人不在于是黑是白，抑或是其他，而在于他自己相信什么，愿意做什么。我在成为墨者以前，就是养父围栏里的一匹马，围栏外的一条狗。是马太老爷让我体会到人间还有除了血缘关系之外的亲情。我们互为亲人，互为手足。我虽死过一次，却获得重生。如今有我报答马太老爷的机会，我自当赴汤蹈火。”

说完，姑娘眼眶红了。

“有的墨者抵制战争，处处与朝廷的主战派为敌，能谏则谏，不能则杀之。有的墨者认为只有战争才能消耗大元，力挺主战派，用连续远征拖垮朝廷，最终促使大元不再征战，从而达到‘非攻’的目的。而我根本不在乎这些，我只在乎我身边关心我的人。”姑娘的眼睛里映照着灯笼，仿佛她的眼睛里有一个与世间相反的世界。

“余氏此时就在上面。”马母见她如此动情，觉得自己再不相信她，就是自己不近人情了。

“不过她的表妹也在。我不知道她表妹此时来这里是什么目的。”马母补充道。

姑娘说道：“我知道她们在上面。这里有个望天镜，从下面可以看到上面所有的东西。”她指了指一个胳膊粗细的竹管。

马母走到那个竹管旁。竹管最末端悬挂了一面倾斜的镜子，镜子里的人果然是余氏和安生！

“这个……”马母惊讶不已。

姑娘解释道：“老夫人不要惊慌，这不是什么妖镜。在这面镜子正上方，有一面同样倾斜的镜子。上面的一切先照在上面的镜子里，而这面镜子又照在上面的镜子上，所以这面镜子可以看到上面镜子里的一切。此镜在战场上常用在埋伏战中，隐藏的人不用暴露自己而能看到敌方情况。”

姑娘一边说着，一边缓缓转动竹竿，客厅里的一物一事尽在其中。

马母记得客厅里确实悬了一面四方镜。那是太老爷“病故”前安上的。马母问他为什么要在家中悬挂这面四方镜。太老爷说，他自知病入膏肓，命不久矣，死后牵挂家中亲人，魂魄会不由自主地回来探看。可自己既是亡魂，回来的话会吓到年纪还小的马千秋。若是在客厅中挂上这面镜子，他的亡魂进来，看到镜中的自己，知道自己已死，不应再进家门骚扰家人，就会自行退去。

马母心想，在过去的十多年里，丈夫的“亡魂”是不是一直用这面镜子窥探她的生活？

想一想她就觉得可怕，这跟阴魂不散有什么区别？

姑娘大概猜到了她的心思，淡淡道：“说句不该我来说的话，马太老爷这么做，确实亏欠家里太多，但是世道艰险，生灵涂炭，总要有一些人付出点什么才能改变现状。现在大元气数将尽，好日子就要来了。要是能让人人都过上人该过的日子，那是多大的功德！”

马母苦笑一下。

在客厅的镜子下方有一个竹筒，本来是用作上香的，但是做得很高，马母从来没有在那个竹筒里插过香，也没有将那竹筒拿下来过。她是对这方面比较不在意的人。太老爷熟知她的性格，才故意做成这样。

现在想来，若是去拿那个竹筒，或许就能发现其中的秘密。但也不一定。他既然这么设计了机关，就应该也设计了防止被发现的机关。或许拿开竹筒，立即会触发机关，将洞口挡住。

“他能离开，但我不能。即使知道祸事将至，我也要抱着马家这条船，一起渡过难关，或者一起沉没。”马母摸了摸那面镜子上的余氏，摸了摸余氏的肚子，不禁泪眼婆娑。

镜子里的余氏茫然不知，仍在椅子旁等待。

姑娘道：“老夫人，这世上解决问题的方法有很多种，马太老爷想的是一种，您想的也是一种。但都是为了马家好。”

马母勉强笑了笑，说道：“秘密通道在哪里？麻烦你指给我看看。”

姑娘领着马母走到一扇大门前，门上有锁，锁上有钥匙。马母对房子的格局太清楚了，这扇门的正上方就是马家的大门。

姑娘道：“密道就在这扇门后，有五六里长。明晚会有人在出口接应。”

马母上前要开锁。

姑娘急忙拦下，说道：“千万不要用钥匙开锁。”

“为何？”马母不解。

“常人看到钥匙就认为钥匙是开锁的，却不知道这把钥匙是关锁的。您若扭动钥匙，这锁不但开不了，反而会锁死。这是为了防止万一这里的机关被发现，密道也会被发现。您一定要告诉余氏，抽掉这把钥匙，锁自然就开了。”说着，姑娘将锁上的钥匙抽了出来。

果然，门上的锁开了。

姑娘打开门，马母看到了一条昏暗不堪的通道。

“为了防止后面有人追来，经过这扇门后，再将这扇门关上，从另一面将锁扣在门环上，再将钥匙插进去，扭动钥匙，即可拦住后面的追兵。”姑娘指着门上的门环说道。

由于年数已久，且地下潮湿，铜门环已经长了许多绿色的铜锈，仿佛苔藓。

马母忽然想起丈夫在世时曾参加元宵灯谜会，丈夫在灯面上写了一句：“偏从出口进，何处是归程？”她怎么猜也猜不到，便问谜底。丈夫说道：“谜底是反其道而行之。”

记起往事，马母觉得这门和锁必是丈夫设计无疑。或许在那时，丈夫正在设计地底下的机关和密道。

公输苒苒说得没错。机关即人心！

可惜的是他机关算尽，却被公输苒苒破解，反而害了自己的性命。

马母忍不住回头又看了一眼血迹斑斑的滚轮。

“多亏了你，我这糨糊一样的脑袋终于大概弄清楚最近发生的事情到底是怎么一回事了。那咱们说好，等明傀明晚来，你与我儿媳交换身份，等明傀走了，我让儿媳来这里，通过密道离开。”马母说道。

姑娘微笑点头。

马母问道：“狸猫换太子的事情，要不要跟她表妹安生说一说？”

姑娘摇头摆手道：“千万不要！少一个人知道，就少一点风险。”

马母问道：“安生不是你们的人？”

姑娘摇头道：“我不认识她。”

马母道：“我还以为她是你们派来的人呢。”

姑娘笑道：“我不过是一个普通墨者，并不认识所有的墨者。一是因为我的身份没有到那个层次；二是自从‘独尊儒术’之后墨家受到排挤，变得隐秘，除了巨子之外，一般墨者的身份并不会大范围让人知道。”

“那我上去之后，怎么跟她们说？”马母问道。

姑娘道：“就说没有找到马太老爷，在下面仔细看了，什么都没有。不要提到我。”

第七章
自　救

马母按照这位姑娘说的做了。她回到地面上之后，跟余氏和安生说，下面没有找到马太老爷。

安生道："怎么会呢？难道他逃走了？"说完，她找马母要伞，想下去看看。

余氏拦住安生，说道："婆婆既然下去看了，我们就没必要再下去。如果公公在下面的话，婆婆怎么会看不到？"

安生这才作罢。

余氏瞥了一眼马母，又道："公公不在下面，必定是遭遇不测了。"

马母心想，这余氏的心思还挺快。

余氏问马母道："明傀他们明晚会来将我带走，您又说他们不是来救我们，而是来害我们的。那我们就在这里坐以待毙吗？”

“我暂时没有想到更好的办法。在想出更好的办法之前，我们只能在这里等待。”马母嘴上这么说，心里却想着，过了明晚，让明傀带走下面那位姑娘，余氏就可以脱身了。但她不能在安生面前这么说。

安生生气道：“何必在这里坐等？姐姐，你就听我一句劝，跟着我去我父亲那里！看谁敢欺负你！我带来的骑兵能以一当十，他们这些官兵拦不住！”

马母正想反驳，余氏自己开口说了：“妹妹一片好心，我心领了。我夫君是罪臣，我是罪臣之妇，到了那里，对你和你父亲都不好。我也无脸待在那里。日后我夫君的罪名能得洗脱，我再去拜访你和你父亲。若是我夫君还在世，也定然不会同意我撇下婆婆，跟你离开这里。”

余氏说到“若是我夫君还在世”的时候，马母心中一颤。

马母发现那个马千秋耳下无痣，但余氏好像不知。那天她要进门的时候，余氏差点不让她进去。这说明余氏害怕别人知道那个马千秋回到家里来了。她既然害怕，应是把那个马千秋当作真的了。

可是，安生带了铁皮盒子来，声称里面装着马千秋的头颅。为何余氏没有太大的反应？她甚至与安生一起去房子后面的竹林里寻找隐藏的竹流马。

余氏的淡定让马母觉得怪异，这比看到余氏爬上竹竿更怪异。

余氏一直顺着安生，但显然没有将她看到夫君回来的事情告诉安生。不然的话，她不会在安生面前说“若是我夫君还在世”这样的话。

余氏对安生有所隐瞒！马母在心里这样告诉自己。

看来余氏对安生此行的目的表示怀疑，只是她没有表露出来。

马母听到余氏说不能撇下她的时候，心中又一暖。

余氏表示不愿跟着安生离开后，马母终于放下心来。要不是余氏这么说，她作为婆婆，还真没有太好的理由将余氏扣在这里，不让她回到娘家人身边去。她能反驳的理由，无非是路上颠簸，会影响身孕，或者边疆苦寒，不忍心儿媳过那种日子之类的。

并且这一切的理由，还得建立在余氏愿意留下的基础之上。

马母心想，既然她防着安生，有些话就可以对她说了。

于是，马母对安生说道：“姑娘，俗话说家丑不可外扬。你可不可以让我跟你姐姐说几句私密的家常话？”

不等安生回答，余氏便对安生说道：“妹妹，你先回我屋里去。我这里跟婆婆说完话就过去。”

安生只好先走了。

马母见安生走了，拉着余氏到自己的卧室，坐在床边说道："我看这安生来的目的不纯。你可要小心又小心！"

余氏点头道："婆婆，这我知道。前几日父亲没有来，却托了家里人带口信给我，告诉我，我既然来了马家，就是马家的人。嫁出去的女儿，泼出去的水。我不可以再回到娘家去。"

马千秋的马回到马家之后，就有一些亲戚朋友来悼念。余家的人来了不少，但是余家老爷没有来。这马母能理解。毕竟儿子马千秋犯了欺君之罪，之前又有谋逆的嫌疑，余家老爷身在官场，不得不避讳。

让马母不能理解的是，余家老爷居然对自己的掌上明珠说出不可以回娘家的话。

余氏继续说道："婆婆，说句实在话，我决定嫁到马家来的时候，我父亲就跟我说过，但凡我在马家受了一点气，觉得有一点不舒服，随时可以回娘家去。"

马母觉得这才是余家老爷会说的话。

"当年许多人来我家提亲，我父亲身在官场，面对那些豪门大户确实为难。是他给我出主意，让我在不中意的人面前装疯卖傻，让人说成我被狐狸精附身。他这都不怕，怎么会怕我回娘家呢？"

马母听到这里，又喜又悲。喜的是余氏真心喜欢马千秋，悲的是她不得不装疯卖傻。

“嫁入马家的那一天，是我父亲特意安排人将一根竹竿立在门口。竹竿中却打了孔，里面穿了一根细绳子。立起竹竿的人脚踩底下的绳头，我则抓住穿过竹竿的绳尾，借助绳子轻易爬上竹竿。当时鞭炮齐鸣，硝烟弥漫，加上我很快爬了上去，没人发现破绽。这是做给以前来我家提过亲的权贵们看的，让他们以为我确实是狐狸精附身，而不是故意推掉亲事。”

马母多年来萦绕在心头的谜团终于消散。她不由得感叹道：“没想到亲家是这么周密谨慎的人！”

余氏淡然一笑，说道：“是啊。父亲办事向来周密，前几日忽然给我带来这样的话，我一时之间无法理解。如今安生要带我走，我才知道，父亲可能已经知道了安将军的计划，提前给我警示。”

“难怪！难怪！”马母叹道。

“其实父亲这番话是多余的。夫君还在这里，我怎么会跟着安生离开这里？当然了，父亲不知道他女婿尚在人世，才会有此担忧。”余氏又道。

马母摇头。儿媳能辨出她父亲话中有话，却没能辨出她夫君以假乱真。

“巧的是，夫君也说明晚才能带我离开这里，跟明傀说好了似的。”余氏一笑。

马母不知道余氏这一笑是开心，还是自嘲。

“那个不是……”马母想告诉余氏她的发现，可是话说到嘴边，却不敢说了。

“不是什么？”余氏问道。

马母咬住了嘴唇，看着余氏。

“怎么了？”余氏又问道。

马母心想，若是告诉余氏那个马千秋耳下无痣，余氏必定惊慌，更不会听从他的安排。且不说最后余氏是不是按照他的安排来做，若是今晚他再次出现，余氏必定不能像对待她夫君那样对待他。而那个马千秋定然会发现自己暴露了。他一暴露，极可能在预定的明晚之前做出其他的举动挟持余氏，从而打乱她与机关下面那位姑娘的计划。

“那个安将军不是余家亲戚吗？怎么会对你不利？”马母改口道。

她不能让那个假冒的马千秋打乱她的计划，就不能让余氏知道真相。她现在唯一能做的，就是让明傀在那个马千秋计划的时间之前来到这里，抢先将“余氏”带走。

余氏回答道：“具体原因我不清楚，但以前我偶然听父亲说过，安将军羡慕墨家机关术，想加以利用，增强军力。

夫君有许多机关设计图，我代为保管多年。安生带走我，我必定携带机关设计图一起离开。那样的话，机关设计图就会落入他的手里。”

“竟是为了这个？”马母道。知道儿子那根竹竿的秘密之后，所谓的机关设计图已经不足以让她感到意外了。儿子能做出竹流马，又暗地里与他父亲接触这么多年，自然会一些墨家机关术。

余氏道：“猜测而已。”

马母想了想，说道：“我跟你要说的还不是这个。”

“婆婆想说什么？”余氏问道。

“我想跟你说的是地下的东西。”马母指了指脚下。

“地下的东西我知道了呀，不就是多宝格的机关吗？”余氏蹙眉道。

马母摇头道：“不止这些，下面还有一条密道，可供你明晚逃脱。”

余氏抓住马母的手，说道：“婆婆，我怎么可以逃离呢？夫君还在这里，您也还在这里。何况我就这样走了，官府不怀疑吗？”

马母从余氏的手里挣脱，反过来抓住她的手，犹豫片刻，说道：“这就是你夫君的意思。他昨晚从你那边偷偷来到了我这边，跟我说这边房子下面有一条秘密通道。至于官府那边，你不用担心，明晚将会有另一个人假装是你，躲进你的房间，穿上你的衣裳。明傀没有见过你，那个公输苒苒更没有见过你，他们将那个人带走，将那个人当作是你。官府找起你来，我就说被他们带走了。”

马母料想余氏今天还没有见过那个马千秋，但应该知道那个马千秋昨晚到这边来了。因此，她将这个计划说成是那个马千秋安排的。

余氏道：“恐怕不行。他们既然能瞒天过海，从官府人的眼皮子底下溜过去，那也可以死不承认，说没有带走过我。到头来，还是引得朝廷官府认为我夫君尚在人世，偷偷带我走了。不行，不行！我夫君现在在哪里？我跟他说说。”余氏连连摆手。

马母一愣。她确实没有想到这一种情况。

余氏见马母发愣，立即觉察出不对劲，轻声问道：“婆婆，这莫不是您自己想的计划？夫君办事向来考虑周全，不会连这个都没想到吧？”

马母见隐瞒不过，便说道：“我还不是为了你们好啊。我儿来去自如，自然不用考虑是留还是逃。你不一样，朝廷官府盯着，安将军盯着，明傀盯着，我看他们没一个安了好心。你必须离开这里。”

余氏再次抓住马母的手，眼睛直视马母，问道：“婆婆，您到下面的机关里去之前，还没有这样的计划，现在突然说要别人替换我，是不是公公还在下面？是公公让您这么跟我说的？”

马母不禁暗暗赞叹余氏的心思缜密。不过想想，儿子马千秋在被她发现之前已经有了那么多秘密，余氏应该是知道或者知道部分的。最保守估计，余氏在怀孕之时就知道了马千秋的部分秘密。使她暴露的，并不是她的不小心，而是逐渐鼓起来的肚子。

能协助她夫君掩饰这么长的时间，自然少不了缜密的心思。

“那个……下面的人不是他，是另外一个人。”马母见反正隐瞒不过，不如告诉她真相。何况安生不在旁边，不用顾忌走漏风声。

“什么人？”余氏有些慌乱。

马母道：“不用担心。她是你公公派来的。”接着，马母将在房子下面的机关里经历的事情一一道来。

余氏听着听着，低下头去。待马母说完，她依然沉默不语。

“你还是觉得这样不妥吗？”马母低下头来，看余氏是什么表情。

余氏抬起头，看着马母，眉头蹙起，问道：“下面既然有通天镜，公输苒苒下去的时候，公公应该看到了。既然看到了，为什么不躲？”

“对……对哦。”马母结结巴巴道。

“公公一定会在公输苒苒下去之前躲起来的。”

“那……滚轮上怎么会有血迹？”

余氏眼睛里掠过惊恐的神色，说道：“是下面那个姑娘杀了公公！”

余氏的这句话仿佛一声霹雳，惊得马母头皮发麻，两耳嗡嗡，浑身冰凉。

余氏说得没错，地底下是有通天镜的，公输苒苒的一举一动，尽在太老爷的眼底。太老爷怎么可能看到公输苒苒下来，而无动于衷呢？若是太老爷和公输苒苒在机关里相遇，太老爷可以潜伏在隐秘处，受伤的应该是公输苒苒才对。公输苒苒既然没有受伤，那么应该是太老爷避开了与公输苒苒短兵相接。这样的话，伤了太老爷的人只可能是那个自称太老爷派来的人。

余氏握住马母的手，轻声问道：“她还在下面吗？”

马母点头：“应该还在。”

“除了客厅里那面镜子，还有其他镜子吗？”余氏又问道。

马母明白余氏的意思。如果这间卧室里也有类似的镜子的话，说不定那个姑娘此时正在下面看着她们。这样的话，那个姑娘或许已经发觉她们对她产生了怀疑。

马母摇头道：“没有。只有客厅那里有，还是你公公以前找理由挂上去的。我这房间里没有镜子。”说完她不放心地重新看了一遍卧室的四周，担心墙壁上突然多出一块倾斜悬挂的镜子来。

余氏也仔细看了看卧室的墙壁，甚至仰头看了看头顶上的房梁，没有发现镜子，这才稍稍放心。

“看来公公是凶多吉少了。”余氏摇了摇马母的手。

马母心中一阵痛。太老爷突然出现的时候，她除了惊讶只有怨恨，怨他抛下孤零零的她操持马家。此时想到太老爷刚“复活”就生死不明，她又愧疚起来。虽然太老爷十多年没有照顾这个家，但两次冒着生命危险保护这个家。

可是她不能沉浸在痛苦、懊悔之中。她必须立即从悲伤的情绪之中挣脱出来，面对这个卧室之外的所有人。

“下面那个姑娘有什么特殊的地方？”余氏问道。

马母知道，余氏是想通过异常的地方猜到地下的姑娘是什么来头。知道了她的来头，就能知道她的目的。

“我只知道她说她的养父是葛逻陆。”马母说道。

余氏轻叹一声，说道：“或许她的这句话是真的。但是葛逻陆的养女养子数不胜数，并且卖到各州府的都有，说了等于白说。名字也没有告诉您。看来她是有防备的。”

马母道：“不管她来自哪里，有什么目的，她都是冲着你来的。我们不能让她得逞。”

“如果不听她的，那明傀那边怎么办？他们来了，我是走，还是不走？”余氏问道。

马母被问住了。如此一来，走也不是，不走也不是。

马母抬起手来，轻轻抚摩余氏的头发，无奈地说道：“你问我，我去问谁呀！不是婆婆不想告诉你怎么办，是婆婆无能为力啊！我想着，你公公留下来的人总是信得过的，谁知竟是这个模样！都说天无绝人之路，老天怎么就不给我们娘儿俩一条活路呢？”说着，马母眼泪扑簌扑簌往下掉。

余氏抱住马母，跟着掉眼泪。

“婆婆，夫君是不是也遇到麻烦了？为什么还不来帮我们？”余氏一边流泪一边问道。

马母心中痛得更厉害，却仍然不能说出她看到的破绽。

“这多宝格房子被地下那姑娘控制了，他想要进出恐怕不如以前那样容易了。”马母只好这样说道。

说完，马母心里又想，那个马千秋现在去了哪里呢？

“婆婆，说句做儿媳的不该说的话，我就没指望过他真的能帮我们婆媳俩摆脱困境。”余氏说道。

马母以为余氏说的是气话，安慰道：“他也是迫不得已……”

余氏长长地呼出一口气，说道：“婆婆，夫君因名字获罪之后，家里常有来客，表面是为其他事而来，实际上是来找夫君的。夫君跟您说的是晚上骑竹竿回来，黎明前骑竹竿回去。他这么说，是为了不让您担心。”

“难道不是吗？安生也说那是竹流马的功劳。难道不是这样？”马母低声问道。虽然家贼脸上被扎了一针，疼得嘴上不停地哎哟叫唤，再没办法躲在窗外墙角偷听。马母还是心有余悸，耳朵往外面听，生怕听到别的脚步声。

余氏忍不住一笑，笑完觉得这时候不该笑，立即忍住，似乎又忍不住，于是抬起手来，挡住嘴巴，不让马母看到她的笑。

马母觉得奇怪，儿媳这时候怎么突然笑了起来？

“婆婆，夫君有好几次深夜回来，但没有摸黑回去。他偶尔会在家里住一两天。只是您不知道他在家里而已。我要他赶紧回营地去，他就说，营地也有休息沐浴的闲日，想在我身边多待一天。”

马母大为惊讶。

余氏羞涩地低了头，继续说道：“不知道您还记不记得。有一日我正在桌边绣花，您突然来了，跟我坐在桌旁。其实那天夫君在家，来不及躲了，就躲在桌子下面。那天比较冷，桌子下面有炭火盆。夫君受不了炭火盆的热，挪移的时候一不小心碰到了您的脚。您吓了一跳，要往桌下看。我赶紧将绣花的布挡在您眼前，问您这花的式样好不好看。您的注意力转移，说我绣得好。您再往桌下看的时候，夫君已经含腰溜到了您身后。您问我，桌子下刚才有什么东西。我一时情急，说，是猫。”

马母很快想起了余氏说的那次场景。

余氏说道：“您问我，你不是不养猫的吗？我就改口说，是别人家的猫。那时候，夫君就站在您背后，朝我挤眉弄眼。我想笑，又不敢笑，最后还是忍不住笑出声。您又问我，你笑什么？我就说，没想到您还怕猫。”

马母沉浸在那天的回忆里。那天余氏确实有点异常，她看出来了，但不知道背后是这回事。

“因为天冷，您在桌旁坐了好久都不舍得离开，后来闭上眼打盹。夫君拿了一件披风盖在您身上。您没有发觉。夫君怕您着凉，又偷偷摸摸换了几次新炭。我说我来换。夫君说，好长时间没能在您面前尽孝，这事得让他来做。”

马母忍不住笑了笑，心里一阵暖意。儿子还是疼她的。

她又忍不住有点恨儿子。她天天盼着儿子回来，却不知道儿子就在家里。

余氏说道：“除了您，我还得应付好多别有用心的来客。我想，那时候已经有人怀疑夫君偷偷回来了。都是我一个人与他们周旋，夫君就在近处，却只能袖手旁观。所以啊，这几日发生这么多事，我没指望夫君能帮上什么忙。我早已习惯了。他说要带我们婆媳俩走。我心里是知道的，哪有这么容易？要是那些人这么容易对付，之前他就没必要躲躲藏藏了。”

马母心生愧疚。在发现余氏有了身孕的日子里，马母曾怀疑来客中有与余氏暗通的人，满怀怨恨，没给余氏施以援手。

同时，马母又觉得遗憾。余氏千防万防，却没防住身后的马千秋不是她的夫君马千秋了。她现在还刻意隐藏起来的人，才是她应该防着的人！

余氏又道：“婆婆，我想到了一个自救的办法，不知道可行不可行。”

马母赶紧说道：“什么办法？你说说看！”这时候，马母相信余氏能想到的办法一定比自己能想到的要好。毕竟她已经为马千秋隐瞒了这么久。说不定明傀和地下机关里的姑娘曾经来过马家，甚至与余氏早有过无形的交手。

余氏握住马母的手，马母感觉到一股温暖从余氏的手里传到她的手背。

“婆婆，您想想，到了明天晚上，明傀要从地面上将我接走，地下那个姑娘要我从地下离开。乍一看，好像我们上又上不得，下又下不得。”余氏说道。

马母点头，这就是她的困境。

“其实我们没必要选择上或者选择下。等明傀来了，您先告诉我，让我做好去地下密道的准备。等我刚刚进入密道，您就赶紧告诉明傀，说我到了地下的机关里，并且告诉他，密道里有锁，拔掉钥匙就打不开的锁。”余氏说道。

马母恍然大悟，大喜道：“我明白你的意思了！反正他们两方都不是为了帮我们而来，不如让他们相互接触，让他们互相打起来！这样的话，得利的是我们。鹬蚌相争，渔翁得利！书上是不是这么说的？”

余氏笑着点头道：“就是这么个理儿！”

马母不由得暗暗赞叹余氏机智。她之前只想着这边不能信，那边也不能信，没想过让他们互相牵制。不过这样做风险还是太大。地下的姑娘说让余氏自己逃跑，实际上她必定在机关中接应，以确保抓住余氏。若是让明傀他们也到地下机关里来，两方相见，必定要打个你死我活。他们两方都是善用机关术的人，余氏一个有孕在身的女子，难免会被吓到或者伤到。

要是余氏在机关里遇到生命危险，那么即使没让明傀和那姑娘得逞，那也不是马母想要的结果。

“好是好。但你在下面受了伤怎么办？”马母喜过之后，又开始犯愁。

“您不用担心。这下面的机关哪，我也熟悉得很。我到了下面，听到机关的声响，就躲起来。明傀他们知道密道大门的机关后，肯定直接打开密道大门，最后会在密道大门后，或者密道出口碰到原本要与我接头的人。等到那时，他们免不了一场恶战。我则偷偷返回地面来。”

马母没想到余氏熟悉房子下面的机关。原来就她一个人被蒙在鼓里。她想起曾有一次看到余氏来了这边，却好久没有出来。她走进客厅，又看了看睡房，却没有找到余氏。她以为自己看花了眼。那时候儿子马千秋还没有出事，时常在家。儿子见她找来找去，便问她找什么。她说她看到余氏进来，却没了影子。儿子说他看到余氏出去了，回了自己的房间。那时她虽然心有疑虑，却想，儿子没必要骗她。

现在马母回头想想，那时候若是立即转身去儿媳那边，肯定找不到儿媳。那么，儿子儿媳就露馅儿了。

余氏见马母愣神，笑道：“婆婆别责怪我，夫君跟我说，若是让您知道了家里的秘密机关，只能徒增您的忧虑。时间久了，可能引起家里下人的怀疑。您是知道的，下人里有外面的眼线。让您装作什么都不知道，这个太难。不如让您真的什么都不知道。只有这样，外面那些想害马家的人，才会看不出什么异常。”

马母点点头：“好吧好吧，看来在你们眼里，我跟那些来打探的人差不多。这都过去了，算了。但我还有一个放心不下的事情。你让明傀和下面那姑娘见了面，那还有谁可以带你离开这里呢？”

马母的最终目的还是为了让余氏离开这里。引来明傀的目的不在于要消灭他，而是借他的掩饰带走余氏。

余氏在这里多留一天，就多一天的变数。

余氏自己看起来并不忧心，她淡淡一笑，说道：“婆婆，只要不跟明傀或者地下那个姑娘走，我们就是安全的。官兵虽然守在这里，但是只要他们没有发现夫君，他们就没有理由对我们下手。”

马母没想到余氏心里居然是这样想的。她还以为余氏也迫不及待要离开这里。

不过转念一想，余氏之所以不太在意，是因为她还不知道她的夫君是个假夫君。她相信她的夫君可以瞒过这些官兵的眼睛。可是马母不这么想。假装成她儿子的那个人若是不小心露了脸，或者出于其他目的故意在官兵面前露了脸，那么她自己和余氏以及余氏肚子里的孩子就会陷入极其危险的境地！欺君之罪可是要灭门的！

马母没有办法将心中的话完完全全地说出来，怕惊动那个假的马千秋，怕他做出狗急跳墙的事情来。

“我们还是要想办法离开这里。”马母只好这样说道。

余氏道：“是啊。可是眼下也没有很好的离开的办法，不是吗？”

马母无奈地叹了一口气。确实，她想不出更好的办法。

余氏安慰道：“婆婆，咱们婆媳俩看一步走一步吧。”

马母点点头：“你说得对。走一步看一步。那个……明傀是我叫回来帮我们的，现在让他下到机关里，与别人争斗，可能有性命之忧，这么做……是不是过分了些？”

余氏道：“婆婆，当年公公迫不得已离开我们家，就是因为明傀和地下的姑娘那些人。要不是他们，公公也不用假装病故。如今夫君遭遇种种诋毁与责难，也是因为他们。要是这次能让他们两败俱伤，也可以警告警告他们，不要以为马家是好欺负的。墨家人本应该心怀天下，默默无闻，就是被他们这些人弄得偏离了墨家的本心。这些喊着要保护墨家的人，正在做着违背墨家宗旨的事情。”说到后面，余氏愤慨激昂。

马母见她这样，心生疑惑，小心翼翼地问道：“你……不会也是……”

余氏道：“我不过是给公公和夫君说几句公道话。”

马母觉得余氏的话言不由衷。

“我看还是让下人去告诉明傀，叫他们明晚不要来。我不管什么墨家不墨家，我不能让你犯一点危险。明傀若是不来，我便可以下去告诉那个姑娘，因为无人顶替你的身份，所以你不能从密道离开。这样的话，大家相安无事。就像你说的，走一步看一步，我们再想其他更为周全的办法。”马母说道。

余氏起身道：“婆婆，您不用担心我的安危。夫君早给我准备了一身竹片衣和一顶竹片盔，可防刀枪，又轻薄至极。明晚我穿竹片衣、戴竹片盔下去，可保万无一失。”

马母闻言，大惊失色。

“你是早已准备好了竹片衣盔，故意设计引明傀下到机关里去的吗？”马母哆嗦道。

这一瞬间，马母发现面前的儿媳也不可信了！

余氏被马母这样一问，脸上露出一丝慌乱之色，但很快被她以笑容掩饰过去。

“婆婆，您想多了。夫君对竹子的喜爱，您是知道的。夫君在兵部任职，研究过防御性极好又极其轻便的藤甲，也查阅过诸葛先生火烧藤甲兵的典故，想制造出既有藤甲的优点，又能不惧火的铠甲。经过许多尝试，夫君发现竹片经过一种草药水浸泡之后很难燃烧，于是用这种浸泡过的竹片做成了一套竹片衣盔。这套衣盔是为远征将士设计的，并不是为我设计。”余氏解释道。

马母不相信余氏的话。家里有机关，是瞒着她的。太老爷病故，是瞒着她的。马千秋回来，也是瞒着她的。她在这里生活了二十多年，却仿佛刚刚入住。

“好的。我不问藤甲到底是不是事先准备的，反正你们也不会告诉我。我就问你一句话。我儿千秋是不是墨者？是不是也是墨家的，不是马家的？”马母用了安生说的话。

余氏看着马母，半天不说话。

马母心里的答案已经非常清晰。马千秋必是墨者无疑。

可是余氏接下来的话还是出乎马母意料。

“婆婆，他不仅仅是墨者，他还是巨子。”余氏小声说道。

马母怔住了。

“公公早早假装病故，却暗地里与夫君联系，就是为了从小培养夫君隐藏的能力，也教了他许多机关术。夫君偏爱竹子，在以竹子为材料的机关术方面天赋异禀。因此，他还未进入仕途，就已被指定为将来要继承巨子之位的墨者。后来，奎大人遭遇不测，一度失踪。墨家群龙无首，便推夫君出任巨子。谁料奎大人被人施以造畜术，并未消失，而是披了一身猴毛回来。一山容不了二虎。墨者只能服从一位巨子，因此墨者分为两派，一派支持改名为明傀的奎大人，另一派支持夫君。当然了，此前墨者早已分裂，只是神散而形不散。这时候出现两位巨子，加快了内部分裂。”

马母打断她问道：“我儿千秋后来出事，是不是明傀故意陷害？”

余氏道：“此事至今未有定论。夫君因名字获罪之后，有人说是明傀为了夺回巨子之位故意陷害。但是也有人说，明傀之前被人施以造畜术，是夫君派人所为。毕竟造畜术也是墨者擅长的。”

马母惊问道：“我儿心地善良，绝不是这样的人！做不出这样的事！”她的手哆嗦起来，恨不能立刻找到那个造谣的人，与他理论一番，要还儿子马千秋一个清白。

余氏道：“对。夫君做不出这样残忍的事。可是除了我们之外，还有谁相信夫君不是幕后人呢？”

马母认同余氏的说法。她坚信儿子不会做这样的事情，可是她说服不了别人。

“所以，夫君被人陷害，也不一定就是明傀所为。”余氏说道。

“你认为还有别人？”马母问道。

余氏沉默片刻，然后说道：“我只是说不一定是明傀所为，但也有可能是他。”

“那到底是不是他？”马母着急道。

“只能说，如果不是他，那就一定另有其人。而那个人……要么是为了破坏墨家，要么是为了自己坐上巨子之位。”余氏说道。

“另有其人？会不会是派地下那个姑娘来的人？”马母问道。

余氏摇头道：“没那么简单的。如果真的另有其人，那么那个人隐藏得太深了，这么多年没有被人发现，绝不会这么轻易让我们发现他是谁。”

马母摆摆手，沮丧道：“算了算了，我自己的儿子是谁，我都猜不到，又怎么猜得到那个人是谁？”

“婆婆——”余氏发觉马母说话的语气不对，想要劝解。

马母打断她：“我没有生气的意思。他不告诉我，自然有他的理由。我即使知道了，也没有能帮到他的地方。我现在脑仁里面疼得很，心突突突地跳，你先回房去吧，去看看你的竹片衣是不是完好。我需要休息一下。”

余氏将要说的话咽了回去，轻声道：“那您好好休息。”

余氏走后，马母唤下人煮了一碗莲子粥来。

下人在马家多年，知道马母不喜欢吃苦的东西，用调羹要将粥里的莲子挑出来。

马母问道：“你这是干什么呢？”

下人道：“莲子里面的心苦，我给您挑出来。”

马母招手道：“别挑完了，留几颗。我以前常听人说，莲子心中苦，梨儿腹内酸。如今我儿遭遇这样的事情，我倒要尝尝其中味道。”

下人将粥递了过来。

马母接了，勺了一颗莲子放进嘴里，咀嚼了一会儿，疑惑道：“没觉得这莲子心有多苦啊。”

下人却流下泪来，伤心道：“老夫人，您是心里比莲子心还要苦啊！怎么会尝到莲子心的苦味呢！”

马母又吃了一颗莲子。

下人道：“马老爷已经不在了，人死不能复生。您切莫伤心过度，要保重身体啊。”

马母用调羹在粥里搅拌，说道：“我现在伤心的，不是我儿子，而是我儿媳。”

下人问道：“夫人好好的，您为她伤心做什么？难道是担心她以后受苦？”

马母摇头道：“你是我贴身使唤的人，我就不把你当外人了。明天晚上，她可能遭人伤害。好在家中有一套马老爷留下的竹片衣盔。但是即使有盔甲保护，我又怎么放心让她带着身孕冒险？”

下人道：“我知道，这几天来的人没有几个好人。没想到他们在马老爷落难的时候还不放过夫人。真是令人气愤！老夫人，我有什么可以帮您的，您尽管吩咐！老夫人往日里的恩惠，我都记在心里。纵使上刀山，下火海，我也不会推辞。”

马母放下粥，说道：“我是为我的家人担忧，自然也不会让你们的家人为你们担忧。有刀山我自己上，有火海我自己跳。今日我要拜托你的，是去我儿媳那边，帮我把她的竹片衣盔偷来。”

下人大惊失色，左顾右盼，然后凑到马母身边，小声道：“您不是担心夫人安危吗？怎么还要把她的护甲偷来？她岂不是更加危险？”

马母问道：“怎么了？不可以吗？”

下人为难道：“只是……小的以为您是叫我去帮夫人……但只要是您吩咐了的事，小的必定照办。”

马母道：“我要的就是你这句话。不过你在偷来之前，先准备一身蓑衣和一顶斗笠。”

“准备这个干什么？”

“竹片衣盔不常用，必定以布遮盖。你找到竹片衣盔之后，将蓑衣和斗笠放在原来的地方。这样的话，她才不会发现东西已经换了。”马母说道。

下人点头，走到门口却转身看着马母，问道：“老夫人，您是要穿上竹片衣盔，让暗算夫人的人把您当作夫人吗？”

马母淡然一笑，说道：“去吧。”

下人折返回来，摇头道："老夫人，这可万万使不得！夫人的安危固然重要，可您也不能替她挡刀啊！总有其他更好的办法的！"

马母仍然保持笑意，说道："哪还有更好的办法？你去吧。你帮我完成这件事，就是我们马家的大恩人。我若有幸生还，将来必定报答你。我若不能生还，来世再报答你。"说着，她蹲下身子，要给下人行跪拜之礼。

下人赶紧扶住马母，流泪道："老夫人，快别这样。我也是有儿有女的人，我知道，即使儿女有盔甲保护，可做父母的总难放心，恨不能将病痛灾难转移到自己身上来承受。您千万别跪，您将来定是菩萨，菩萨给我下跪，那得折我多少福气？"

下人将马母扶回椅子上坐下，向马母深深地鞠了一躬，然后离去。

马母等到太阳落了山，又等到院子里点了灯，那个下人还没有回来。

马母心里焦急，怕那下人被余氏识破，怕那下人被安生抓住。晚饭早就上了桌，放到凉了，马母坐在饭桌边看了半天，没有动一筷子。

马母没有心思吃饭，她回到睡房，走到窗户边，假装在收拾，眼睛却往外面瞟，生怕听到有人大喊"抓小偷"，或者听到那个下人大喊“救命”。

她忽然对外面墙脚下叫个不停的蛐蛐心生厌恶。它们太吵了，吵得她心烦，吵得她担心听不到余氏那边的声音。

虽然她明白得很，若是有人大喊，蛐蛐的声音挡不住；若是没人大喊，平日里她也听不到余氏那边的动静。

第八章 穿 墙

过了半个时辰，客厅那边传来了脚步声。

马母心中一喜，赶紧从睡房出来，走到客厅一看，不是那个下人，而是在外面值守的军官。

“您还没有吃？”军官问道。

这一问，把马母吓了一跳。这不是表明她有心事吗？

她捶捶腰，说道：“人老咯，吃不下什么东西，但还要吃一点。”

“您吃得太少了。”军官走到饭桌边，看了看桌上的饭菜。

马母暗想，我还没吃啊，他怎么就说我吃得太少？难道他在来之前还调查过我平时吃多少饭？可是我平时吃的不算太少，他怎么说这个话？

马母一边想，一边往饭桌上看去。

不看不打紧，一看又吓了一跳！

饭桌上的筷子显然动过！交叠着放在桌上，不是之前那样摆得整整齐齐。

关键是筷子上还粘了饭粒！

再看筷子旁边的饭碗，里面的饭有一颗枣子那么大的坑！显然是有人吃过！

难怪军官说她吃得太少！他以为马母只吃了那么一点。

在她离开饭桌之后，在军官进来之前，并没有人来过客厅。她没有动过筷子，军官更不会偷偷吃这一小口饭。

那这枣子大小的一团饭被谁吃了？吃饭的人又去了哪里呢？

“是啊。饭量越来越小。”为了避免军官起疑心，马母先这样回答了。

马母想到了地下机关里的姑娘，但立即否定了这种猜测。那姑娘要从地下上来，必须经过椅子翻转。可是椅子翻转的速度没有这么快。那姑娘不会冒这么大的风险上来吃一口饭。

马母想到了几乎是唯一的可能——她的儿子马千秋。

马千秋还在这里，但是他自己不出来的话，谁也找不到他。他就像是马家房子里的魂魄，看不见，摸不着，但存在于这里，就像曾经的马太老爷一样。

想到马太老爷，马母忽然觉得现在的马千秋与马太老爷简直如出一辙。一个人要装作她儿子，或许并不是很难的事情，但要像她儿子一样在这里来去自如，甚至吃饭的时候忽然消失，这不是那么容易的事情。这样的人不但要擅长机关术，还要极为熟悉马家的环境。两者缺一不可。

而要两者兼备，恐怕只有儿子马千秋能够做到。

他应该是太饿了。在余氏那边的时候，余氏可以偷偷给他饭吃。在这边，马母没有给他饭吃，也没有机会给他饭吃。所以，他才冒险出来偷吃了马母的饭。可是才吃了一口，就听到了外面的脚步声，他只好放下筷子，甚至来不及填平那个枣子大小的坑，来不及抹掉筷子上粘的饭，迅速躲起来。

马母环顾四周，心想，这里应该还有其他机关是公输苒苒都没有发现的。因为走公输苒苒发现的机关逃走，时间上根本来不及。

可见马千秋在机关术上比公输苒苒还要胜出一筹。

他能将马家的机关熟悉到这个程度，更说明他就是她的儿子马千秋。除了马太老爷之外，别人没有机会长期留在马家，发现所有的机关并熟悉运用。

马母越想越高兴。

但军官在面前，她不能表露出欣喜。

但她的嘴还是没有控制住。她喃喃道："儿啊……是你回来了吗？"

军官大为惊讶。

她听到自己不由自主发出的声音，吓得额头直冒冷汗。这时候她又清醒了许多，又想到了那个人耳下没有痣。

难道儿子本来耳下就没有痣吗？是自己记错了？马母不由得开始怀疑自己的记忆。

不会错的，儿子耳下确确实实是有痣的。这一点毋庸置疑。马母摇摇头。

那么，这一切到底是怎么回事？马母又糊涂了。

军官听到马母的声音，皱起眉头问道："老夫人，您喊谁呢？"

马母心中慌乱，但脸上勉强一笑，慢步走到桌边坐下，说道："唉，自从我儿被砍了头之后，我总魂不守舍，常常以为他还在这里。"

她想起这话在明傀面前说过，明傀却说她的儿子还活着。

军官听了，却生出同情心来，走到马母近前，幽幽地说道："一时难以接受，有这样的感觉也是正常。我以前在战场，每天死的人堆积成山。我身边好多人都忽然就不见了，我也常常觉得他们还在。后来我实在受不了这种感觉了，才找机会离开军队，来到这里当差。有人说我胆小怕死，其实我不怕死，我是怕面对死亡。”

军官没有流泪，却抬手按了按眼角，然后看了看手指，笑道：“眼泪早就流干了，想流都流不出来了。”

马母没想到她的话会给军官这样的感触。

“这么说来，你很希望战争结束吧？”马母想到了“非攻”这个墨家信念。

军官说道：“当然。不只是我，还有千千万万的将士希望战争结束，希望朝廷不再远征。可是我们希望有什么用？决定战争的人，并不在战场上。”

军官欲言又止。

马母知道，他不敢再说，再说就会犯大逆不道的罪。

军官又说话了：“我在战场多年，听到的比后方要多。孛罗帖木儿将军和安将军坚持战争，有人说他们是为了自己的野心，也有人说他们认为只有以战争消耗大元，才能最终停止战争。马大人认为不战才是社稷之福，可他阻止不了战争。其实我很佩服马大人的。”

马母想起余氏说的安将军觊觎马千秋的机关设计图的话，又想起余氏提到的竹片盔甲。看来余氏的猜测是对的。安将军有了设计图，可以让他的军队变得更加强大。可是，孛罗帖木儿将军和安将军是一派的，马太老爷为什么要跟随孛罗帖木儿将军？难道是为了保护他的儿子马千秋？

“马大人落得如此下场，并不是因为他的名字，也不是因为他擅离职守，而是因为他的主张。”军官说道。

马母闭上眼睛，长叹一声。

军官道：“我因为当差的原因，不得不来监视你们。可是我从心底里钦佩马大人，敬慕马大人。老夫人您要是有什么难办的事情，可以叫我来办。”

马母摇摇头，说道：“我一个妇孺之辈，眼光有限，不盼荣华富贵，也不懂朝廷战事，只望儿孙平安。这就是我难办的事情，除此之外，别无其他。”

马母何尝不希望此时有人伸出援手？可是这几日事发以来，她已不能相信任何一个人，甚至连她要保护的余氏，她都弄不清该不该相信。

想了想，马母又说道：“官爷，如果你这番话是真心的，若是以后有能放过我儿媳余氏的地方，还请高抬贵手！”

不管他是真心还是试探，马母认为这句话说出来总不至于犯错。

军官行礼道：“马大人的血脉我定会尽力保护！老夫人也当保重身体，多吃一些，别把身体拖垮了。”

被他这么一说，马母确实感觉饥肠辘辘。

“那我再吃一些。”马母拿起那双粘了饭粒的筷子，拨了一些饭，夹起来放进嘴里。她想起上一次与儿子共用筷子还是二十多年前。

“老夫人，我先下去了。”军官说道。

马母点头。

眼看着军官的背影在院子大门那边不见了，马母放下筷子，静静聆听四周的声音。她心想，那个马千秋应该还在这里，躲在某个常人难以发现的地方，看着或者听着客厅里的动静。

她想听到那个马千秋存在于这里的声音，哪怕是轻微的呼吸声，或者几近于无的脚步声，或者控制不住的轻咳声。

可是她什么也没有听到。

声音应该是有的，只是不在她能听到的范围。这世上有很多自己无法感知的事情都在发生。自己感知不到的，不见得不存在。自己无法发现那个马千秋，但马千秋或许还在这里。马母心想。

于是，马母正襟危坐，然后对着儿子以前跟她吃饭时常坐的位置说道：“儿啊，以前你饿了，就会来找我要吃的。后来你长大了，不找我要吃的了，我却总以为你吃得不够，逼迫你多吃一些，让你生气。做娘的，哪有安心的时候？也难怪你很多事情不跟我说。你现在肯定饿坏了吧？我看到筷子和碗里的饭了。别人不知道，我是知道你来过了。现在他走了，你出来吃一点吧。”

说完，她又静静聆听四周，还是没有一点声音。

她知道说这番话不一定能让那个马千秋出来，但还是忍不住有些失望。

她仍不甘心，环顾了一圈，忽然发现与正门相对的墙壁上悬挂的那面镜子不见了！

必定是他！他知道那面镜子与地下机关相连，且知道地下机关里有人，所以拆掉了那面镜子，然后过来急匆匆地吃了一口饭！

马母更加坚信那个马千秋还在这里，于是整了整衣裳，字正腔圆地说道：“我知道你还在这里，能听到我说话。你要是还不出来，我就把刚才那个军官叫回来，告诉他，我的饭被你动过，你还在这里。”

“这可使不得。”马千秋的声音到了马母的耳边，如一阵清风掠过。

马母虽然听到了他的声音，却分辨不清声音是从哪个方向传来的。她又转头看了一圈，没有看到一个人影。

等马母将转过去的头转回来的时候，马千秋已经坐在了她的对面。

他的突然出现让马母吃了一惊。

莫非刚才他躲在桌子下面？马母往桌下一看，那里并不是藏人的好地方。

“你终于肯出现了。”马母看着他说道，然后将筷子递给他。

“我不是没有办法吗？”他拿起筷子，狼吞虎咽，看起来确实饿坏了。

他这种饿坏了的样子让马母倍感亲切。她的儿子以前饿了的时候也是这样的吃相。俗话说，江山易改，禀性难移。面前这个人怎么就这么像儿子马千秋呢？

马母心里有许多话要说，但见他不停地往嘴里扒饭塞菜，她不忍心打断他，于是静静地看着他吃饭。由于吃得太快，许多饭粒撒在了他前面的桌面上。

马母不禁一笑，儿子马千秋小时候吃饭就是这样。她常常说他吃饭是“天上一半，地上一半”。

马千秋很快将饭菜一扫而光，接连打了几个嗝。

马母指着剩下的汤，说道：“喝点汤。”

马千秋端起汤碗就喝，喝完伸手要抹嘴巴，手刚放到嘴上就停住了，偷偷看了马母一眼。

马母一直盯着他，自然将他这些小动作看在眼里。马母心里一阵激动。儿子马千秋原来也是这样，吃完饭喜欢用手去擦。为此，马母用筷子打了好多回他的手。儿子长大后还常吃完后习惯抬一下手，然后好像忽然记起小时候挨过的打，又将手放下去，找了手帕来擦嘴。

这次他是太饿了，抬起的手没能在半途停住。

要是面前的人不是儿子马千秋，那他为何连这些细节都如此相像？马母心中自问道。

“你到底是谁？”马母再也忍不住了。这个问题在她的嘴里包得太久，再也包不住了。

他愣了一下。

“你到底是谁？”马母重复道。既然已经问了，就不能再收回。

他有些紧张，回复道：“娘……您……您怎么这么问？我还能是谁？”为了掩饰紧张，他将碗放在桌沿下，用筷子将撒落的饭拨回碗里，然后将那些饭往嘴里扒。

马母说道：“你差点就骗过我了。但是你忘了一件事，我儿子耳朵下面有一颗痣，是他出生后，他父亲用墨给他刺的。”

他僵住了，片刻后恢复过来，放下筷子，用手摸了摸应该有痣的地方。他摸得很轻，好像那里一碰就会疼似的。

“你到底是谁？为什么跟我儿子长得这么像？连他平时的小动作都学得惟妙惟肖？你来这里想干什么？”马母又问道。

对面的人将碗也放下，皱了皱眉，轻嘘了一口气，好像被马母发现之后，他反而轻松了。

“您不用担心我的目的。要是我是来害你们的，只要往外面一走，马家就会满门抄斩。”那个马千秋淡淡地说道。

马母清楚，他说得很对。只要他在官兵面前露脸，就能让马家万劫不复。不管他是不是真的马千秋，朝廷必定以欺君之罪将马家灭门。下至平民，上至皇帝，都不会认为他是另一个人。尤其是马太老爷刚刚“死而复生”，百姓和朝廷都会认为马家的人故技重施，甚至认为马家的人会妖术。

“我不是您的儿子，但只有我能救你们。”他继续说道。

马母不知道该不该相信他，但似乎除了相信他没有别的选择。

“那我该怎么做？”马母问道。

“做您该做的，想做的，就可以了。”他回答道。

“我没有遇到过这样的事情，根本不知道该怎么应对。我怕我成事不足，败事有余。你没有更好的办法吗？”马母问道。她说的是心里话。那个去偷竹片衣盔的下人还没有来。即使偷来了，她也不知道这样做到底对不对。

他看着马母，良久，才说道：“娘……老夫人，您说世上没有什么好人坏人，只有人。我觉得，在您这里，办法也没有什么好办法坏办法，好不好都是一片心。倘若我告诉您怎么做，那就不是出自您的本心，那就救不了您的儿子，也救不了您的儿媳和您自己。”

马母不解，问道：“为什么你告诉我的方法就救不了我们？”

他说道：“这个太简单了。现在来到马家的，无论是地上的还是地下的，或者是马上的，都不是一般人。您要是听了别人的办法，他们很快就能看出问题，看出不是您自己所为。而我，即使藏得再好，也会暴露。他们找不到我，但会知道我的存在。”

马母知道，他说的地上的是官兵和明傀，地下的是那个姑娘，马上的是安生。确实如此，他们都不是常人，不仅身怀绝技，还能洞察人心。唯一让他们看不出破绽的方法，就是她所做的，都是她想做的。即使有些纰漏，那也是她作为马千秋的母亲，作为余氏的婆婆，作为马太老爷的妻子应当做的。

他站了起来，往先前公输苒苒打开过的墙壁走去。

马母以为他会像公输苒苒一样先触发机关，再从那里走过去。但是她猜错了。

他径直朝那面墙壁走去，从容自然，就这样直接走入了墙中，留了后半身在墙外。

马母目瞪口呆！

接着，他的后半身也进入了墙壁中，没有一丝停顿。

马母急忙起身，奔到墙壁前，墙壁上没有留下一丝痕迹。她抬手去敲，墙壁生硬，嘣嘣作响。墙壁是完整的。

他的声音从墙壁里面传来："这才是穿墙术……"

马母想起来，公输苒苒触发机关的时候说过，穿墙术是拉开墙壁之后走出去造成的假象。看来他是听到了公输苒苒说的话，故而穿墙给她看。他这么做的目的马母也能猜到，无非是显示他的能力在公输苒苒预估的能力范围之外。

难道他是鬼魅？可是鬼魅不会与她一桌吃饭喝汤的。

马母回头看看桌子上的碗碟，看到吃完的饭菜，才确认刚才见到的不是鬼魅，也不是梦幻。

正盯着桌子发愣的时候，马母听到大门外面响起了脚步声。

是那位去偷竹片衣盔的下人来了。

马母心想，那个马千秋应该是感觉到下人要来，才迅速走入墙壁之中的。他到底是穿墙而过，到了外面，还是留在墙壁内，她无从得知。

下人见了马母，面露喜色。

这应该是得手了。马母心想。

下人进了门，将桌上的碗挪了挪，然后将一个包裹放在桌上。

“老夫人，东西在里面。按照您的吩咐，已经放了蓑衣和斗笠在她藏竹片衣盔的地方，夫人暂时应该不会发觉。”下人说道。

马母打开包裹，看到一件像是铁甲衣的竹片衣盔。经过特殊处理的竹片颜色变得灰暗，看起来如同铁片一样沉重。马母伸手一拿，却轻得很。

“夫人把这衣盔藏在哪里？”马母问道。

“就在衣柜里。说来还挺险，我刚进房间，夫人就跟着进来了，然后安生姑娘也来了。她们两人说了好久的话。我只好躲在衣柜里。我还以为今晚可能回不来，好在安生姑娘说她有晚上习武的习惯，要出去练拳脚。夫人跟着出去了。我才得了机会出来。”

马母轻叹道：“看来她是早有准备了，不然不会将这衣盔放在衣柜里。”

下人说道：“亏得夫人放在衣柜里，要是藏在别的地方，我还不一定找得到。”

马母点点头。她开始也担心下人偷不来竹片衣盔，就是怕余氏将它藏得太隐秘。现在竹片衣盔轻易得了手，马母又觉得怪异，这么重要的东西得手太容易了！

“出来的时候没有被人看到吧？”马母问道。

下人道：“没有。安生姑娘和夫人去了后面的竹林里，看不到我。”

“安生带来的骑兵呢？”

“在厢房喝酒，喧闹得很。就算我从门前跑过，他们都听不到我的声音。”下人回答道。

“官兵呢？”马母还是不放心。

“官兵都在外面，看不到的。”下人道。

“辛苦你了！”马母道。

下人道：“这算什么？不过……夫人会不会很快发现？”

马母想了想，说道：“不会的。她既然把它都放到衣柜里来了，那就是做好了临时要穿上的准备。不等到那一刻，她不会把它拿出来。何况安生在她那边，她不会让安生看到竹片衣盔。”

下人似乎稍稍放心了，说道：“那我下去了。”

马母瞥了下人一眼，犹豫了片刻，说道：“今晚你就别走了，留在这里陪陪我。”

其实马母是担心下人走漏消息，想留她在这里，免得在其他人面前说漏嘴。

下人道：“那我搬床被子来。”

马母点点头。

下人搬了被子来，又伺候马母睡下，然后在睡房门口摆了一榻，裹着被子睡下。

不一会儿，马母听到下人打起轻微的呼噜声，不由得羡慕下人睡得这么香。她则翻来覆去，辗转难眠。耳朵里一会儿是马太老爷的声音，一会儿是马千秋的声音，一会儿是明傀的声音，最后混杂在一起，仿佛要为各自陈述，却说得含混不清。

为了还有精神应对明天的事情，马母闭上了眼睛，尽力让自己安静下来。可脑子里的声音绵绵不绝。

马母感到屋里的空气有点闷，起床去将窗户打开了一条缝。白色的月光和沁凉的风一齐钻了进来，仿佛月光是被风吹进来的。她哆嗦了一下，可也舒服了一些。

她回到床上，再次将眼睛闭上，居然有了一点睡意。应该是这几天过于疲惫的原因，她不由自主地发出鼾声，听起来好像自己已经睡着了，但仍然醒着。

眼睛闭上不久，马母听到房间里有轻微的脚步声。那脚步声很轻很轻，仿佛羽毛落在地上。此时马母的听觉异常灵敏，即使有呼噜声，她仍能从中听到那双脚已经靠近了她的床。

她没有立即睁开眼睛，心里却想，难道是下人过来看我睡着没有？

可是不对啊，下人的呼噜声还响着。

她顿时恐慌起来，但又想知道到底是谁进来了，于是悄悄将眼睛眯开了一条缝。

床边果然站着一个人！那个人是穿墙而走的马千秋！

不对！这个人是儿子马千秋！

借着月光从她躺着的这个角度看去，这个人耳下的痣清清楚楚，仿佛下雨天不小心溅在脸上的泥。

马母心情激动，却不敢多动一下，仿佛床边站着的不是她的儿子马千秋，而是一只从屋檐下飞进来的鸟，动一下就会惊了他，会让他倏忽一下飞走。

她害怕他飞走，所以努力僵直自己的身子。

马千秋俯腰，抓住马母身上的被子，往上拽了拽。他的手碰到了马母的下巴。

马母感受到了那只手的温度。她感觉自己仿佛是一盆即将熄火的炭火，重新遇到了火焰，将她点燃，温度从她的下巴向四周扩散，让她整个人暖了起来。

接着，马千秋又抓住被子的侧边，将侧边往内卷起，塞到马母身侧。

这是马母以前常常给儿子盖被子时做的事情。儿子还小的时候，她怕儿子晚上踢被子着凉，常常悄悄去他的房间，将他的被子往上拉，然后将侧边卷起，压在他身下。这样被窝会更暖和。

她每次去，儿子都睡着了。

也许儿子根本没有睡着，只是假装睡着了，就像此时的她一样。

马母能僵直身子，可是无法忍住眼中的泪水。

泪水从她的眼角流了出来，滑进了鬓发里。

可能是夜色掩盖，马千秋似乎没有看到马母流泪。他将被子盖好之后，又悄悄地往客厅的方向去了。

马母想爬起来跟过去看一看。但她告诉自己，千万不要起来，更不要跟过去。儿子之所以一直不出现，必定是因为时候尚未到来。她若是追过去，必定忍不住会抱住儿子大哭。

此时的情绪就如被河堤挡住的汹涌洪水，一旦拉开一个闸门，就会倾泻而出。

那样的话，客厅里的下人，外面的官兵，还有无数潜伏在马家的人，都会发现异常。

何况，她仍然有一丝疑虑——这个人会不会是偷偷出来吃饭的那个人，他是不是从她那里知道了马千秋耳下有痣，于是点了丹青？

吃饭的时候，他们的话已经说开了。在马母看来，他没必要再假装成马千秋来骗她。可是他已经像无处不在的魂魄一样，若是马千秋也在这里，难道不会被他发现？

马母想来想去，也想不出个头绪。

一夜很快就过去了。

马母在外面开始蒙蒙亮的时候才睡着。等她醒来，走到窗边看了看太阳，才知道已经过了午时。安生带来的骑兵正在院子里洗马，好几个下人在旁边围观，间或帮忙提水。军官远远地坐着，看着洗马的骑兵，似乎回想起了他在边疆伺候战马的情形。

在阳光下，他们没有分为马家、安家和官家，祥和地融合在一起，有种岁月静好的假象。

马母也沉浸其中，一时忘记了忧愁。

骑兵将马洗刷干净，装上马鞍，问下人要不要上马骑一骑。下人连忙摆手，说不会骑马。

下人指了指远处的官爷，说，他曾经上过战场，应该是会骑马的。

骑兵远远地喊军官。

军官笑了笑，也摆手。

他们本是无冤无仇的人，却因为毫不相关的人，而各自对立，甚至你死我活。马母心头忽然冒出这样古怪的想法。

这时，一只飞虫从马母眼前掠过，落在了窗台上。

马母低头看去，心中一惊！

那是一只翠绿色的蝗虫！

接着，又一只蝗虫从眼前飞过，落在了窗外的墙脚下。

接着，又一只蝗虫飞了出来，落在远一些的墙脚下。

蝗虫一只接一只地飞出来，绕着马母所在的房子，在不同的地方落下。

马母将窗台上的蝗虫捉了起来，却指头一疼，赶紧放开。

马母看了看手指，上面有一道割伤的血痕，一颗颗血珠冒了出来，越来越大。

马母又惊又喜，这蝗虫跟上次在余氏门前的台阶上看到的几乎一模一样！她害怕别人看到这些蝗虫，但发现其他人好像根本没有注意到它们。

这时，一个围观洗马的下人看到了马母，赶紧走了过来。这个下人是昨天帮她去偷竹片衣盔的那个人。

“您终于起来啦！”下人说道，“我去厨房给您弄点饭菜来。”

马母担心她看到蝗虫，甩手道：“快去快去！”

马母吃了饭，闲坐了一会儿，就去了余氏那边。

余氏正在和安生说话。

马母见余氏表情没有什么异常，心想，她肯定没有发现竹片衣盔被调了包。

安生见马母进来，打趣道：“老夫人，我姐姐真是有了婆家忘了娘家，她要赶我走呢。”

马母转头去看余氏。

余氏辩道：“哪里是赶你走？你抽空来看我，我已经很感激了。但是在战场上，你是你父亲的左膀右臂，你得早些回去才是。”

马母明白余氏的意思了，明傀和地下那个姑娘都不是良善之辈，她是要找借口让安生离开马家，免得今晚的事情再生变故。

马母便顺着余氏的话说道：“你姐姐说得对，前方战事事关国家社稷，不可轻视。现在你把该送的东西送到了，该见的人也见了，应该回去了，免得你父亲挂念。若是想念你姐姐，下回再来就是。”

安生大概没想到马母会这么说，愣了一下。

余氏抿嘴一笑。

安生撇撇嘴，思索了一会儿，说道：“姐姐，其实我这次来，还有一个不情之请。”

余氏道：“你说。”

“我父亲说，姐夫这里有不少墨家珍宝，尤其是机关设计图，他是垂涎欲滴。姐夫在世时，他不敢夺人所爱。如今姐夫已故，不知姐姐可否将机关设计图送给我，让我带给父亲。我虽然是父亲的左膀右臂，但大元的军队装备上了姐夫设计的机关，那就不是我这个左膀右臂能比得上的了！姐姐若是一定要留在身边，做个念想，那也可以。我看看那些图，照着样子绘制下来，再带回去。好不好？”安生终于将她的目的说了出来。或许是她知道自己无法带走余氏了，干脆表明来意。

马母顿时为余氏紧张起来。安生把话都说到这个份儿上了，余氏该如何应答？

余氏看着安生，又笑了。

安生反而迷惑了，问余氏道：“姐姐，你笑什么？”

余氏道：“我笑你傻呀。我一个妇道人家，哪里知道什么墨家不墨家？更不知道什么机关设计图。若是有这东西，我留着何用？念想也不用这东西做念想。”

余氏的话显然出乎安生的意料。

“姐姐，你的意思是你不知道姐夫有机关设计图？”安生问道。

马母又为余氏着急起来。马家的底细恐怕安将军早已摸得清清楚楚了，要是余氏咬定说家里没有机关设计图，安生和安将军肯定不会相信。

余氏略作思忖，倒吸了一口气。

安生看着她，问道：“想起来了？”

余氏道：“我虽不知道，但听你这么说，倒是想起夫君曾经说过有一盒无比重要的东西藏在婆婆那边的机关里。难道说的就是机关设计图？”

安生欣喜道：“是吗？那我们现在过去取出来吧！”

余氏摇头道：“恐怕不行。”

“为什么？”安生焦急道。

“夫君虽然说过藏在那里，但是没有说出具体地方。那里机关重重，你我如果贸然去取，说不定会中了暗器，或者损坏设计图。”余氏看了一眼马母，继续说道，“就像我婆婆不懂机关术，损坏了夫君的竹竿一样。竹竿爆裂，就是为了防止外人使用机关。机关设计图这么重要的东西，必定也有类似的保护措施吧？”

马母明白了余氏的意图，假装恍然大悟，长长地“哦”了一声，然后说道：“我知道了！明傀昨晚不取，偏偏今晚来，还要我瞒着安生姑娘，恐怕就是为了取机关设计图而来！他曾是墨家巨子，又曾是我儿的上司，他应该知道机关设计图藏在哪里，知道怎么把图取出来。”

安生果然相信了她们的话，问道：“明傀今晚过来是来拿机关设计图的？”

马母道：“开始我也不知道他有这个目的。现在想来，他要你姐姐假装成他出去，自己必定是想留在机关里，寻找你姐夫藏在里面的机关设计图。”

“可是……机关里面不是已经有人了吗？”安生问道。

马母道：“她应该不知道机关设计图藏在那里。”

安生思索片刻，点头道：“她应该不知道。我父亲当初设计扒了奎大人的皮，就是听信了之前的传言，说是奎大人将墨家最重要的设计图文在了身上。这样的话，除了他自己，其他人都无法得到设计图。”

马母汗毛倒立！原来设计陷害奎大人的是安生的父亲安将军！安将军为了壮大自己的军队，竟然将大元的工部尚书变成了一只猴子！

“奎大人身上确实有刺青图，但不是墨家最重要的设计图。父亲为了迷惑其他想要得到设计图的人，叫人放出话，说奎大人的皮肤被其他人夺走了。以为奎大人身上有设计图的人，到处寻找奎大人被剥去的皮。”

“那你们是怎么知道设计图在我夫君这里的？”余氏问道。

“姐夫暴露之后，父亲猜测姐夫是墨家巨子，墨家的机关设计图自然会在姐夫这里。姐姐，我虽然奉父命而来，但并不影响我们姐妹情分。姐夫之前在工部，后来到兵部，就是为了继承墨家巨子的位置，然后用到士兵身上来，壮大我大元军队，报效朝廷！”安生道。

“可是朝廷杀害了我夫君。”余氏冷冷道，“再说了，夫君拿到设计图，也不是为了用于战场。恰恰相反，他这样维护设计图，是害怕设计图落入恶人之手，怕因它而让更多人丧命。”

“可是谁能阻止战争？”安生问道。

余氏忽然换了口气，说道：“妹妹，我不跟你争。既然你父亲想要，那就拿去吧。留在这里反正是个祸害。我劝过他好多回，他就是不听，如今落了个尸首不全的下场。”

“我不是把姐夫的头颅带来了吗？选个日子埋了，让姐夫别做无头鬼。”安生说道。

余氏往安生身前走了一步，表情肃穆地问道：“妹妹，你带来的头颅，可真是我夫君的头颅？”

马母屏住呼吸，聆听安生的回答。

安生看了看余氏，又看了看马母，轻声问道：“莫非……姐夫没有被砍头？”

余氏不知该如何回答，瞥了一眼马母。

马母看到了余氏的眼神，顿了顿，说道：“我总觉得他还活着。”

这不是安生想听到的回答。她露出不满意的表情。

余氏又问道：“妹妹，你确定你带来的是我夫君的头颅吗？你是怕我对夫君生还存有一丝幻想，不把设计图给你吗？”

安生不说话。

“那你现在不用回答我。等今晚明傀来了，我们让他到机关里去，你在机关出口守着，等他拿了设计图出来，你自己看着办。等拿到了设计图，你再回答我。”余氏说道。

“可以。”安生回答道。

马母对余氏佩服不已。刚才若是轻易答应将设计图拱手相让，安生必定会怀疑。余氏故意将头颅的问题送到安生手里作为筹码，让安生认为这是对换的条件，这就合理多了。

同时，马母又担忧起来，看着余氏胸有成竹的样子，害怕自己会破坏她的计划。

马母想回去，再偷偷将竹片衣盔送回来，于是起身告别。

马母回到自己的房间后，看了看外面的天色，已经接近黄昏。若是这时候再让那个下人送回去，恐怕来不及了。到时候她自己假装不成，余氏也没有办法用到。犹豫来犹豫去，天色已经暗了。

马母将先前那个下人叫来，如此这般地吩咐了一番。

下人不知所以，但点头应承，然后离去。

马母吃了晚饭之后，就坐在可以触发机关的椅子上，手里拿着那把磁石伞，静静等待。

天色越来越暗，另一个下人进来点灯，看到坐在椅子上的马母，问道：“老夫人待会儿是要出门吗？外面也没有下雨啊。”

马母平静道：“快了，就快下了。”

下人点了灯要走。

马母问道：“现在是什么时辰了？”

下人道：“戌时了。”

马母道：“我儿在世时曾说，戌者，灭也，乃兵器之象，阳气至戌而尽。看来他们快要来了。”

“雨要来了吗？”下人听得迷糊了。

马母微笑道：“没你的事了，下去吧。”

第九章
巨　子

下人走后，马母穿上竹片衣盔，坐回椅子上，用伞触发机关，翻转到了地下。

马母从网上下来，蹑手蹑脚地走到那个密道的大门前，想将门打开。犹豫了一下，她将耳朵贴在门上。

果然，她听到了细小的说话的声音。

门后有人。

毫无疑问，他们是等着余氏的。他们不知道余氏具体什么时候下来，或许是等得无聊了，偶尔说几句话解解闷。

马母离开大门，走到通天镜那里，镜子里只有上面屋顶的房梁，再不能看到客厅里的情形。然后，她将两个灯笼中的一个灭掉。四周顿时又暗了不少。

她找了一个最黑的角落躲了起来。

她心里盘算着，此时那个下人应该也躲在某个地方了，只要明傀出现，下人就会按照她的吩咐，假装急匆匆地迎过去，并告诉明傀余氏刚刚被人劫走，下到机关里去了，老夫人也跟着下去了。

她不知道先前那个姑娘的来头，曾经是墨家巨子的明傀不可能不知道。他一旦知道有人要劫走余氏，必定下来追。不用跟他说，他也知道如何打开密道大门的锁。大门一开，明傀便会与门后的人相遇。两方必定大斗一场。她趁乱逃出，回到地面，再将安生唤来。这样，明傀来取机关设计图的“目的”就坐实了。那时候明傀若是活着，绝不会向曾经剥去他的皮的人示弱；若是死亡，那么并不存在于机关之中的设计图便是被密道里偷袭明傀的人拿走了。

总之，设计图不在余氏这里了，其实仍然在她那里。

想到这里，她一愣。这不正是余氏想要的结果吗？

马母忽然明白过来了。无论马家人逃到哪里，觊觎机关设计图的人都会紧追不放。唯有让那些人以为机关设计图不在马家了，才能摆脱明处和潜伏在暗处的人。

这么说来，余氏有意做了这个局？竹片衣盔被偷，也是她意料之中的？马母豁然开朗。

就在这时，密道那边的大门居然打开了。

马母躲着的地方无法直接看到大门，但是她能听到门打开时发出的艰涩沉重的声音。接着，大门那边响起了窸窸窣窣的脚步声。

大门应该是从密道里面打开的，这并不让马母感到意外。设计这个锁的人，自然想到过如何用其他机关打开它，以备不时之需。

让马母意外的是，渐渐走过来的只有一个人的脚步声。刚才从那里听到门后躲着不止一个人。

马母紧张地听着脚步声，但不敢出来看看到底是什么情况。她往暗处更用力地收缩身子，害怕被那个走出来的人看到。她不知道那个人为什么突然从门后出来，更不知道那个人要做什么。

莫非他们发现我下来了？应该不会。如果是来抓我的，那些人肯定会一拥而出。马母心想。

不一会儿，那个人走到了马母能看到的地方。

马母僵住了！

那个人不是别人，竟然是马太老爷！他没有一点受了重伤的迹象，行动自如。他不是被承载了一面墙的重量的滚轮轧伤了吗？被那么重的东西轧过，他怎么可能毫发无损地在这里出现？

马太老爷走到了灯笼下，看了看被马母故意熄灭的灯笼，按了一下隐藏在黑暗里的机关，灯笼徐徐降下。然后，他将灯笼重新点燃。

马母放下心来。门后的马太老爷应该是感觉到门缝里漏过去的光线暗了许多才出来的。

马太老爷将点好的灯升到原来的位置，轻轻拍了拍衣服，然后回到密道里去了。显然，他不知道这是他的妻子故意弄灭的，而以为是灯笼自己熄灭了。

他怎么会在这里？他不应该被那个姑娘暗算了吗？马母心里翻江倒海，恨不能此时跟随上去，质问马太老爷，问他为什么出现在这里，问先前那个姑娘到底是什么人，问他为什么这么做。

可是她不能出去。她一出去，之前所有的努力就都白费了。余氏的计划也将落空。

她忍不住胡思乱想。难道是我丈夫想要谋害我儿媳？所以他与先前那个姑娘串通好，要引余氏到这里来？要将余氏当作人质的不是别人，而是马太老爷？不，不，不，不会是这样的！余氏是他儿子的媳妇啊！难道他是为了救余氏？那他为何要带人躲在密道里？为何要造成他伤势严重的假象？

答案非常明显。他是为了不让她知道谋害余氏的人是他。毕竟他们多年的夫妻情分，他不想她知道残酷的真相。

马母想到这里，心口一阵剧痛，如被人扎了一刀，然后在里面旋转。

她耳边又响起了安生说的话——他已经是墨家的人了，不是马家的人了。

她用力摇头。不会的，不会的，如果他不在意马家了，上次就不会突然出现，将那些官兵挡在门外。

不对，不对，上次他出现，是为了保护他的儿子马千秋不暴露，而不是为了保护儿媳余氏。如果当时房间里被家贼看到的是余氏，他还会突然出现吗？马母不确定。

他到底为了什么目的要这么做？马母无法理解看到的一切。

虽然两个灯笼都亮着，但马母感觉陷入了更深的黑暗里。

马母又等待了大概半炷香的时间，终于听到机关转动的声音。应该是明傀他们下来了。

果不其然，马母看到客厅里的椅子翻转了下来，一个人落在了网上。那是明傀。

明傀刚刚从网上下来，公输苒苒紧接着落在了网上。

马母以为就他们两人，没想到那个机关还在翻转，陆续下来了好儿个人。

他们每人手里拿着一把伞，显然是有备而来。

公输苒苒下来过一次，对这里比较熟悉，她领着明傀他们往密道方向走，边走边说道："密道在那边，用的是不能用钥匙打开的锁。余氏应该是从那里走了。"

听到公输苒苒这么说，马母略微放下心来，看来下人把她要传达的话传达到了，让明傀以为余氏真的被挟持到地下来了。当然了，明傀这次带了这么多人来，说明他早就预感今晚会有人阻挠他的计划。所以下人的话他很容易相信。

明傀他们是急匆匆下来的，声响很大，不像马母下来时那样谨慎小心。

密道后面的人听到声音，以为余氏下来了，赶紧将大门打开。马母没有看到他们打开门，但是听到大门打开的声音，以及金属碰撞发出的嗡嗡声。

"马大人，来者不是余小姐！"一个人惊诧大喊道。

马母在暗处看到公输苒苒脸上露出惊诧的表情。

他们都会惊讶，因为他们都以为余氏应该在这里。

"马大人，原来想抓余小姐的人是你！"明傀难以置信地摇头说道。他身后的人纷纷将伞衣拉开，里面的伞柄都是扁平的剑身。

马母看不到马太老爷，但听到马太老爷说道："奎大人，这么多年了，还是没有长进哪。若是能让你想到，我还能潜伏这么多年吗？"

公输苒苒虚弱道：“她可是你儿媳，你怎么连自己的儿媳都不认了？你还是人吗？”

马母心口又疼起来。

“公输姑娘，不要因为奎大人帮你赎身，就忘了你的家族因为什么而世代为奴为妓！只有不断的战争才能消耗大元气数，才能让你的家族和千千万万的家族翻身！我们为的是天下！不是个人！你也是墨者，这都不懂吗？”马太老爷喝道。

“天下？连自己家人都不顾的人，何以谈天下？你就是为了机关设计图而来，不是为天下而来。”公输苒苒带着嘲讽的口气说道。

这也是马母想说的话。夫君啊夫君，你何以抛家弃子，去图天下大事？就算你胸怀天下，可你连自己的儿媳都不顾吗？何况儿媳怀着马家的血脉！难道你是着了魔吗？

马母想着想着，潸然泪下。

马太老爷说道：“你们不也是为了机关设计图而来吗？有何脸面说我？机关设计图在我马家，我都难以得到，绝不能让你们给抢了！给我杀！一个活口不留！”

接着，马母看到马太老爷冲进了她的视野里，与明傀带来的人短兵相接。

明傀带来的人奋起还击，顿时一片刀光剑影。

马母趁乱换了一个隐藏的角落。这样她看的视角更全一些。

正打得激烈的时候，马太老爷忽然踢开一个人，往马母这边甩了一下手。马母大吃一惊，以为自己被马太老爷看到了。未料马太老爷收了手，带着众人往后撤。

马母抬头一看，一根微微发亮的针扎在她头顶上方的开关上。与此同时，墙壁上出现了许多先前没有的藕状小洞。

公输苒苒早看穿了马太老爷的诡计，大喊道："防护阵！小心暗器！"

明傀带来的人赶紧聚在一起，迅速将伞撑开。伞没有伞衣，还有伞骨。伞骨的机关被触发，伞骨飞速旋转，看起来如同伞面。从四面八方的小洞处飞出的短箭发出划破空气的呼啸，碰到伞骨，纷纷掉落。

马母听到公输苒苒的喊声才明白马太老爷触发了暗器机关，于是脸面朝下，往地上一扑。

等短箭呼啸的声音过去，马母侧头一看，竹片衣盔上无数短箭，自己几乎成了刺猬。

再看明傀他们，虽然有伞骨遮挡，但难免有漏，一半人身上挂了彩。

尤其站在前面的公输苒苒，身上有好几支短箭。

公输苒苒的身子摇摇晃晃，终于支撑不住，跪倒在地。

明傀见状大怒，撕心裂肺喊道："给公输姑娘报仇！"

明傀身后的人气势不降反涨，如同被激怒的野兽一般，个个怒吼着奋勇向前。

马太老爷那边的人反而被吓住了，虚晃武器，连连后退。

马太老爷见状，将密道大门关上，将钥匙插入锁中一拧，大声道："如今没有了退路！不是你死，就是我亡！"

那些人见无路可退，只好奋起抵抗。

马母见到了她一生中最为血腥恐怖的一幕。眼前的人不再是人，而是一群野兽，做殊死拼斗。每一个人都变成了血人。

毕竟马太老爷先用了暗器，明傀那边的人渐渐全部倒下了。明傀躺在了地上，却从自己身上拔下一支短箭，扎在了马太老爷的小腿上。

马太老爷将刀架在明傀的脖子上，长吐了一口气，狠狠说道："你为什么非得跟我为敌？处处坏我的事？"

明傀微笑起来，回答道："不是我与你为敌，是你自己管不住自己的儿子。你要怪我，还不如去怪你儿子马千秋！"

躲在暗处的马母听得心里咯噔一下。"管不住自己的儿子”是什么意思？

马太老爷龇牙道：“还不是因为你！他进了你的工部之后，才开始不听我的话。是你唆使他背叛我！背叛墨家！”

马母浑身冰凉。她从不知道儿子马千秋“背叛”过他的父亲。难道这就是丈夫要谋害儿媳余氏的原因？

明傀大笑起来，笑得阴森，如同深夜鸣叫的老鸦。

“死到临头，你笑什么？”马太老爷按了一下手中的刀。

刀刃划破了明傀脖子上的皮，血从那里流了出来。

明傀仍然抑制不住笑，一边笑一边说道：“你儿子马千秋进入工部之后，我还不知道他是墨家人。唆使他背叛你又从何谈起？你我理念不同，但那时我尚为巨子，一心化解墨家内部矛盾，怎会做这样的事情？倒是你以假死消失于人间，暗地里害我，让我失去人皮，变得人不人鬼不鬼！从而好让你儿子夺取巨子之位！”

马母知道谋害明傀的是安生的父亲安将军，并不是马太老爷。不过，安将军与孛罗帖木儿将军站在一起，说不定马太老爷确实参与其中。

马太老爷摇摇头：“在我儿进入工部之前，我确实想将他培养为巨子。但进入工部之后，他不再听从于我，我就打消了这个念头，又怎会加害于你？”

“不是你？”明傀讶异问道。

马太老爷哼了一声，说道：“现在我随时可以要了你的命，又何必骗你？”

明傀的笑声更大了，笑得马母的耳朵都承受不住，仿佛一只飞虫钻进了耳朵里，到处扑撞。

“你不信？”马太老爷道。

明傀笑得浑身抽搐起来，说道：“我怎么不信？我笑的是你我都被余氏骗了！”

“关余氏何事？”马太老爷问道。

马母所认识的余氏只有一个，那就是她的儿媳。她不知道他们说的余氏是不是她的儿媳。

“要不是才知道马千秋不听从于你，我也不会发觉自己被骗。”明傀道。

马太老爷眼睛一眯，略作思忖，将手中的刀往上提了一些。他没听明白，但想听听明傀后面的话。

同样想听明傀后面的话的人，还有躲在暗处的马母。

“什么意思？”马太老爷问道。

明傀瞥了一眼脖子上鲜血淋漓的刀，笑道：“鹬蚌相争，渔翁得利。看来她已经在上面等着了。”

马母一怔，看来他说的余氏就是她的儿媳。明傀猜得没错，余氏早就让安生带着人守在机关出入口了。

马太老爷抬头往上面看了一眼，将信将疑。

可能是由于身上的伤口疼痛，明傀哼了一声，然后说道：“我一直以为巨子是你儿子马千秋……”

“难道不是？”

“你且听我说完，此前我认为他是你借助了孛罗帖木儿将军的力量扶上巨子之位的。刚才听到你说马千秋进入工部之后就不听从于你，而你已经没有帮助他夺取巨子之位的意思。再回想我在工部任职时经历的事情，才发现有些蹊跷。”

“蹊跷？什么蹊跷？”马太老爷问道。

“我曾问过马千秋要不要做巨子。撇去与你的恩怨，我个人本来就很欣赏马千秋在竹子机关方面的造诣。我也希望墨家后继有人。没想到马千秋说了那样的话。”明傀的目光离开马太老爷，望向头顶的黑暗之中。

“什么话？他说什么了？”马太老爷问道。

暗处的马母静静地听着。

“他居然说巨子的位置应该给一个女人。”明傀说道。

马太老爷一愣，随即脸上浮现一丝鄙夷的笑，说道：“他就是这样离经叛道。我想这样，他就那样。没想到在你下面当差也这样！”

明傀继续说道：“我当时非常愤怒，认为他在羞辱我。他辩解道，墨家主张非攻，主张爱利天下，那么只有女人才能胜任。女人有妇人之仁，在别人看来，这是贬义，在他看来却是夸奖，却是符合墨家主张的。唯有妇人之仁的人，才不会无休止地发动战争，才能博爱天下所有人。”

“哪有这样的道理！”马太老爷怒道。

明傀道：“现在想来，他说得有道理。他说，战场上都是男儿，有几个女人想要以武力征服外族？心怀慈悲之心的，也大多是女人，男人大多有暴戮杀伐之心。世间常见的凶悍女人，也不过泼妇骂街。而打架偷盗之人常为男人。我当时以为是你在背后唆使他这样羞辱我。”

“你早知道我是假死？”

“你太小看我了，好歹我曾是巨子，你我又都是墨者，我能不知道？”

“你的意思是，他从心底里认为能接替巨子之位的是一个女人？如果他不是巨子，那谁是巨子？你是上一任巨子，难道你都不知道吗？”马太老爷摇晃手中的刀，厉声问道。

明傀叹气道：“按照惯例，上一任巨子将墨家设计宝图交给下一任巨子，才算完成仪式。可我不是这样的，我当时被困在军营，后遭人剥皮，我数年养伤躲藏，无人知我尚在人间。别说宝图了，身上的假图都被人剥走。等我回来，打听到原来服从我的墨者现在听令于马千秋，便认为宝图在马千秋手上，加上有你暗中相助，马千秋必定成了巨子。”

“可我没有帮助他，我们父子因理念分歧而割裂。”

明傀继续说道：“我知道他不想做巨子，唯一让他屈服的，是你的期盼和帮助。现在看来两者都不成立！”

“他不是巨子，那谁是巨子？”马太老爷问道。

明傀笑道：“你还不明白吗？设计图在谁那里？谁又是女人？你的儿媳余氏才是真正的巨子！我和你都被她骗了！她以马千秋为替身，骗了所有人！”

马母虽然已经料到明傀会说巨子是她儿媳，但听到后还是震惊不已。不过她不认为余氏骗了所有人，而是为了保护好丈夫。现在想来，如果儿子就是巨子，设计宝图就在他身上，那么，儿子不可能回到家里来了。儿子之所以能回来，最大的可能是因为谋害儿子的人发现他并不是巨子，不能从他这里得到设计宝图。

果然，明傀接下来的话验证了马母的猜想。

明傀说道：“马大人，我现在算是想通了。我之前预感你儿子并没有被砍头，是因为我派人去查验过那个飞刀高手。虽然没能查出真相，但飞刀高手疑点很多。除了你我，朝中还有其他人想得到机关设计图。我想，那个人在紧要关头发现你儿子并不是真正的巨子，又不想因此惹怒真正的巨子，才偷偷放了你儿子，拿着假人头复命去了。”

“我儿当然没死！他虽不听从于我，可我是他父亲，‘虎毒不食子’，我怎么能让他身首异处！”马太老爷道。

马太老爷是救过马千秋一回的，这个马母很清楚。马太老爷之前出来顶替马千秋，不让官兵发觉，自然就不会杀害他。儿子再“叛逆”，他也不至于要儿子死。

“是你救了他？”明傀意外道。

“我哪里救得了他？”

“可我后来得知那个飞刀高手是孛罗帖木儿将军的暗线。我以为是你命令飞刀高手造成马千秋被砍头的假象。”

马太老爷松开了明傀，喃喃道：“难道孛罗帖木儿将军突然发觉我儿不是巨子，才让我来这里抓余氏的？他怎么会知道真正的巨子呢？”

躲在暗处的马母哑然失笑。她已经明白孛罗帖木儿将军是怎么知道巨子是余氏的。

儿子马千秋的竹竿爆裂之后，他日夜兼程赶往营地，她和余氏在家中焦急不已。余氏忽然问她：“婆婆，我问问您，如果能保住夫君，但要牺牲我。您愿意吗？”

马母自责道：“事已至此，都是我的错，如果要换一个人死，那也是我，怎么会是你呢？”

余氏拉住马母的衣角，认真地问道：“婆婆，我说是如果，如果我可以替换夫君。您觉得可以吗？”

马母心生感激，抓住余氏的双手，哭道：“你傻啊？就算可以，我也不会让你这么去做。你夫君是我儿，我身上掉下来的肉，你也是你母亲的心头肉啊。谁的娘亲不是娘亲？谁的儿女不是儿女？换我可以，换你不行！”

余氏听后，说了一句当时马母没听太懂的话。余氏说：“夫君常说妇人之仁才是大爱，如今看来，我还不够，您才是有大爱的人哪！”

那时马母想着余氏是因为着急而胡思乱想，此时才明白，她确实可以替换她的夫君。她必定是想到了解救夫君的办法，而代价是要暴露自己。她知道谋害她夫君的人真正的目的是什么。她必定通过她的方式告诉了孛罗帖木儿将军——她才是真正的巨子。孛罗帖木儿将军才放下了谋害马千秋的念头，转而让马太老爷来带走余氏。

居然是这样！居然是这样！马母在心里呐喊不止。

就在她激动不已的时候，另一个念头闪现出来——这明傀不是不会说话吗？

或许是由于紧张，也或许是由于恐惧，她差点忘记了明傀不会说话这回事！

此时前因后果渐渐清晰，她才后知后觉想起这件重要的事。

难道这个明傀并不是明傀?

马母再次朝那血泊中的明傀看去。

那人身上脸上都是猴毛，马母根本看不出他与明傀有什么不同。

她又想，我不认识也就罢了，夫君与他宿敌多年，难道连他会不会说话这回事都不知道吗?

难道之前他只是假装不会说话?马母只能做这种猜测。

第十章
鹬　蚌

这时，滚轮那边传来轰隆隆的声音。

马太老爷和明傀都朝声音传来的方向看去。马母也朝那边看。

马母心想，是谁这个时候在上面触发了机关，要把上面的墙壁打开？

可是滚轮没有动，倒是滚轮之上一面墙壁缓缓降下。在那面墙壁之中，居然有一双鞋子！接着出现了一双脚！

明傀又大笑起来，笑声中有几分自嘲的意味。

“鹬蚌相争，渔翁得利。现在渔翁来了！”明傀以怪异的声音说道。

等到墙壁之中的人露出一半的时候，马母认出那是儿媳余氏。

同时，她也明白了之前马千秋是如何穿墙的。原来上面的墙壁不但可以移动，还能升降。墙壁的高度远大于她能看到的高度。在能看到的墙壁之上，还有一个能容纳一个人的机关。触发机关之后，墙壁便往下降，等到高度合适，人便可进入墙壁。墙壁继续往下沉，等追过来的人敲击墙壁的时候，机关已经降下去了。

原来这就是穿墙术！

马母继而想起第一次下来的时候不但看到了那个姑娘，还看到了跟儿子一样的木雕。她忽然明白了木雕是如何隐藏的。操控机关的人首先以搬山术将木雕悬于房梁之上，所以在房梁上留下了痕迹，后又以穿墙术将木雕移至地下机关。

马母侧头看了看马太老爷，心想，操控木雕的人应该就是他。那时或许他还不太确定儿子马千秋是生是死，想从她这里套出些信息。那个家贼应该也是他安排的。但那个家贼忠于的人不是他，而是孛罗帖木儿将军。所以家贼一方面听从他的安排，另一方面又想将马千秋暴露于官兵面前。孛罗帖木儿将军自己不想惹怒余氏，便将这把火转移到官兵手里，想要借刀杀人！因此，此前孛罗帖木儿将军放过马千秋，也不是心生善念，而是考虑到马千秋必定回家向巨子余氏汇报情况。一旦让官兵发现马千秋还活着，便是满门抄斩的罪名！而孛罗帖木儿将军自己不便向朝廷公布内情，毕竟是他自己放过马千秋的。

如此一想，马母就明白了安生的目的。安将军虽然与孛罗帖木儿将军理念相近，但安将军存有私心，想将余氏掌握在自己手里，于是故意让安生提了假头颅来迷惑官兵，在余氏这里获得好感，以便带走余氏。

墙壁停住，余氏微笑地看着马太老爷和明傀，说道："我不是渔翁，谁都不是渔翁。事情至此，我们都是鹬蚌。说要战的，边疆死伤无数。说要不战的，内部死伤无数。正应了张文忠公那句：'兴，百姓苦；亡，百姓苦。'哪有什么渔翁！"

马母虽然孤陋寡闻，但早闻张文忠公的大名，尤其那句"百姓苦"的话。他身为汉人，却官居一品，追封滨国公，谥文忠。

马太老爷和明傀听了余氏这番话，不禁露出些许羞愧之色。

明傀道："说得好听！这不正是你想要的结果吗？"

余氏从墙壁之中走出来，看了看横陈的尸体，摇头苦笑道："我不过想要保我夫君周全。"

然后，余氏假装不经意朝马母这边瞥了一眼。

马母心想，她知道我在这里。

“我不愿看到妻子失去丈夫，母亲失去爱子，尚未出生的孩子失去父爱。我是如此，天下人亦是如此。”说到这里，余氏轻抚肚子。

明傀费力地坐了起来，眼睛阴森地看着余氏，说道：“你竟然敢单枪匹马下来，就不怕我们杀了你吗？”

马太老爷皱了一下眉头，他明白明傀说的“我们”包括了他。他明白明傀在暗示他，他们两人现在只有化敌为友，才可能反败为胜。

余氏淡然一笑，说道：“都这样了，还非得你死我活吗？你是不是忘记了，能让你说出话的哨笛是我夫君、你曾经的属下马千秋送给你的？你就是这样报恩的吗？”

马母得到余氏的提示，往明傀的脖子上看去，果然看到那里有一截像竹笛一样的东西，比小指还要短小。原来是那个东西让他能发出声来。难怪声音听起来有些怪异。

马母记得儿子曾经制作过这么一个东西。她好奇地问过儿子，做这么小的竹笛怎么吹？儿子说，这是让人说话的东西。她又问，这怎么让人说话？儿子说：“宋朝苏东坡诗中有一句‘如怨如慕，如泣如诉’，让我想到其他声音可以发出人声，这个东西就是帮人发出人声的。”

马母没想到这个东西是给明傀做的。难怪明傀之前宁可咿咿呀呀也不说话，原来是怕我看到哨笛。不过看到又有何妨？还是明傀自己心中有愧，不敢当着我的面用我儿子赠送的东西，却要谋害我儿子吧？

这时，余氏掏出一个东西来，展示给明傀看。

马母也朝余氏手里看去。

明傀脸色煞白。

余氏手里居然有一个一模一样的哨笛。她将哨笛放到嘴边，却又拿下，微微一笑，说道："我这哨笛与你喉咙处能相呼共应。只要我吹一下它，你那个哨笛就会爆裂，刺破喉咙。你就一命呜呼了。"

马母想起那个晚上她骑上竹竿之后，竹竿爆裂，屋后竹子纷纷倒下的恐怖一幕。她听安生说过"同声相应"的道理，跟余氏说的"相呼共应"应该是同一个意思！

原来儿子赠予明傀哨笛的同时留了一手。

那么，明傀之前不用哨笛也是防着马家人吗？马母思来想去。

"更何况安将军的人已经将这里围住了。你就算杀了我，也逃不出去。你要的设计宝图还是会落入他人之手。"余氏指了指上面。

"宝图在哪里？"明傀和马太老爷异口同声问道。

余氏摇了摇头，问道："奎大人，为了那张图，你失去了整张皮，何苦？公公，为了那张图，你抛弃了婆婆，何必？”

马母眼眶湿润了。

“现在你们心里想的还是宝图！宝图！宝图！你们信奉非攻，却引发无数攻击。你们信奉兼爱，却抛妻弃子。你们口口声声要维护的理念，却被你们自己抛弃！”余氏怒道。

马母从来没有见过余氏发怒。这是第一次。

“你们以正义的名义亲手打碎了你们想要保护的东西！”余氏努力平复激动的心情，嘴唇颤抖不已，“宝图我已经毁掉了。你们谁也别想得到它。只有它不存在了，你们才会安宁。”

明傀挣扎着要站起来，却心有余而力不足地跪在了地上。他仰头大叫道：“你毁掉了宝图？”

马太老爷难以置信地看着余氏。

余氏道：“毁掉宝图的是你自己。你来这里给我夫君烧纸钱的时候，宝图就在其中。”

明傀打了一个哆嗦，惊讶地问道：“宝图在纸钱里面？”

余氏慢步走到明傀面前，说道：“我本来是要留到夫君的坟前烧的，没想到你来了，就由你代劳了。”

暗处的马母心中一惊！看来那天她叫去拿纸钱的下人听命于余氏。是那个下人从余氏那里拿了宝图，交给明傀烧掉的。那么，去偷竹片衣盔的下人应该也是余氏的眼线！说不定她将马母的情况告诉了余氏，余氏故意将竹片衣盔交给她的！

看似坐以待毙的人，其实是请君入瓮的人！

惊讶之余，马母还有一丝不解。余氏说宝图本来是要留到夫君的坟前烧的，这又是为何？莫非余氏认为马千秋已死？莫非她发觉隐藏在机关里的人不是她的夫君？

“你……”明傀急得说不出后面的话来。

余氏笑道：“你不要急。宝图虽然烧了，但我自小记忆力不同寻常，过目不忘。只要我还活着，宝图就在我心里记着。”

明傀咬牙切齿道：“你太狠了！你以为这样我就不敢杀了你吗？”

余氏讥讽道：“你曾为巨子，曾誓死要保护宝图。而今你不但烧掉了宝图，还要杀了唯一可以画出宝图的人。保护来保护去，你只是要保护你自己。你不配做一个墨者！更不配做墨家巨子！”

明傀张开了嘴，却半天没有说出话，面部抽搐。

马太老爷轻叹道：“说这些还有什么用？现在密道大门打不开了，上面又有安生姑娘的人。大家都走不掉了。”他瞥了余氏一眼，没好气地说道，“你倒可以说些轻快的话，毕竟安生姑娘是你表妹，即使不给你自由，总不会杀了你。”

余氏盯着马太老爷看了半天，笑而不语。

马太老爷不知所措，问道：“怎么了？我说得不对吗？”

余氏无奈地笑道：“公公，你看错儿媳了。我要的不是这个。”

“你不就是为了排除异己吗？”明傀终于吼出一句话来。

余氏道：“我要的，不过是能和我夫君过平平淡淡的日子。可是哪有什么平平淡淡的日子……”

这时，滚轮那边又传来了机关转动的声音。

“他们知道穿墙术的秘密？”马太老爷惊恐问道。

余氏回头看了一眼，说道：“不用担心。不是他们。”

机关停止转动的时候，马母眼前一亮。

马千秋从那里下来了。

“奎大人，父亲，你们还执迷不悟吗？”马千秋一边走出来一边说道。

马母躲在暗处不敢动，目光在那个马千秋身上游移，最后落在他的耳朵下面。由于灯光和距离的关系，她看不到那里有没有痣。

她把希望寄托在马太老爷身上。上次马太老爷出现得突然，可能没有时间仔细打量马千秋。现在他们离得近，如果马千秋不是真马千秋的话，马太老爷应该能看出端倪。

“你怎么来了？你不应该出现在这里！”马太老爷着急道。

马千秋安慰道：“这面墙壁的上面是客厅，再上面是小阁楼。我是从小阁楼下来的，安生不知道。”

马太老爷稍稍安心，侧头看了看马千秋的脸颊。

这一刻，马母的心几乎停止了跳动。她知道，马太老爷这是在看他曾在儿子身上留下的标记！

果不其然！马太老爷接下来的话让马母充满希望的心彻底凉了！

“你的痣呢？”马太老爷问道。

马千秋摸了摸那颗痣应该在的位置，然后将目光投向余氏，似乎这个问题不应该问他，而应该问余氏。

明傀不知道发生了什么情况，茫然问马太老爷道：“什么痣？”

马太老爷道：“我儿千秋耳下有一颗痣，是我给他用墨点的刺青。这个人虽然跟我儿长得一模一样，但耳下没有我留的标记。”

“你不是马千秋？”明傀惊讶地看着马千秋。

余氏悲伤地笑着摇头，说道：“你们都以为他还在。其实他不在了。”

“飞刀高手不是放过了他吗？飞刀高手不是孛罗帖木儿将军的眼线吗？”明傀问道。

马母静静地听着他们说出的每一句话，每一个字。

余氏仰天长叹，说道：“夫君在遭遇飞刀高手之前，就已经被人杀害。那天晚上，婆婆失手将夫君的竹竿爆裂，屋后的竹林倒下，就已经惊动了潜伏在马家的人。夫君连夜骑马往营地赶，一时没有戒备，半路上便遭了暗算，不仅丢了性命，还被……”

余氏哽咽。

马太老爷心急道：“还被怎么了？”他恨不能上前抓住余氏的衣襟拷问。

余氏抹着眼角，说道：“他的遭遇跟奎大人一样，被人扒了皮。”

明傀两眼一亮，随即黯淡，像是刚刚得到了什么，瞬间又失去了。

“一定是对付我的人用同样的方法对付了马千秋。”明傀幽幽道。

安生的父亲安将军？马母心中猜想。

余氏转头看着马千秋，抬手摸了摸他的脸颊。

“好在我及时得知消息，我怕夫君的皮坏掉，于是将他的皮找来，让这位墨者去掉自己的皮，将夫君的皮戴上。

那一颗痣，不对，那一点墨，是留在肉里的，所以这张皮戴在他的身上，就看不到那颗痣了。”余氏说道。

“不对！既然马千秋的皮在这里，那么，赶往京城的是谁？飞刀高手放掉的又是谁？”明傀质疑道。

余氏道：“我既不能让朝廷认为夫君畏罪潜逃，又不能亲自出马，在朝廷面前暴露我自己。所以，我让一个跟夫君长得差不多的人继续赶往京城请罪。因为我知道，他是到不了京城的。因此，他见不到皇上，也见不到其他大臣，也就不会被朝廷发现。”

“那你为何要让孛罗帖木儿将军知道你才是真正的巨子，让他放过你的假夫君？”明傀问道。

余氏道：“我给那位墨者承诺过，只要他代我夫君赶往京城，将夫君畏罪潜逃的猜忌消除，我可保他平安归来。”

明傀摇头道：“墨者必须听命于巨子，以巨子为圣人，皆愿为之死。你怎会给他这样的承诺作为交换？”

“他既愿意为我赴死，便是对我忠心不贰的人。这样的人，我怎么能见死不救？再说了，他也是别人的夫君，别人的爱子，别人的父亲。我怎能让他替我夫君死？”余氏愤然道。

明傀赧然。

马太老爷脸色铁青地看着马千秋，目光凌厉，似乎要将这张皮看穿，要看看皮下面的肉是不是马千秋的肉，要看看肉里面的魂是不是马千秋的魂。

余氏道：“我们谁也不是渔翁，我们都是鹬蚌，没有胜利者，只有失败者。”

然后，余氏对马太老爷说道：“我之所以让婆婆看到他，是不想婆婆伤心过度。她若是知道我夫君已经不在人世了，肯定撑不过这些日子。没想到那天差点让官兵发现，幸亏公公您及时出现。”

马太老爷身子一阵摇晃，突然双膝跪地道：“儿啊，为父对不起你啊！是我不对，不该让你事事听从于我，不该让你成为墨家人，不该让你卷入其中啊！我以为让你受点挫折，你就会回来，就会听我的话！没承想，让你命丧黄泉！阴阳两隔啊！”说完，哀号不已。

余氏冷冷道：“人死不能复生。现在后悔还有什么用？”

马太老爷爬到余氏身边，抓住余氏的衣服，哭道：“奎大人虽然被扒了皮，却以造畜术将猴皮裹身活了下来。我儿会不会也被猴皮或者其他皮裹身，变成其他模样？你是巨子，消息灵通，如果他还活着，你应该知道的！”

余氏沉默不语。

马太老爷见余氏无动于衷，想了一想，似乎想通了什么事情，又道：“你不要担心！如果我儿以猴子或者其他的牲畜模样回来，我不会强迫你与他仍做夫妻。我可以去你父亲那里主动退婚。”

余氏摇摇头。

马太老爷慌乱道：“不，不！我可以帮你隐瞒起来！你不用管他！你把他交给我就行！只要你把他带回来，以后你叫我做什么，我就做什么！”

旁边的马千秋于心不忍，上前要将马太老爷扶起。

马太老爷将他推开，要给余氏磕头，痛哭流涕道：“求求你，一日夫妻百日恩，如果他被施以造畜术，求求你不要抛弃他！我给你做牛做马，上刀山，下火海！”

余氏鄙夷道：“不要把我想成跟你一样。只要他还活着，我绝对不会抛弃他。”

马太老爷抬起手就扇自己巴掌，一边扇一边说道：“对，对，对，我不是人！我不是人！”

藏在暗处的马母不由得心寒。马太老爷“病故”之前是自尊心特别强的人，此时此刻却在儿媳面前跪下扇自己巴掌，简直不是她记忆中的马太老爷。不过她理解。要是能换回儿子马千秋的命，她也会这样。

余氏见马太老爷这样，似乎软了心，一只手撑腰，另一只手去扶马太老爷，说道：“公公，别这样。如果他还在人世，我离开这里之后，一定会想尽办法将他找回来。”

马太老爷拍掌道："对，对，你一定要离开这里！你是巨子，能力无限，可是被朝廷困在这里，发挥不出来。"他抬头看了看头顶，似乎能看见地面上守在机关入口的人。

明傀笑着摇头，说道："马太老爷，现在想离开？恐怕是太晚了！"

马太老爷眼睛仍然往头顶上看，说道："不晚。自开始做这些机关的那天起，我就想到有一天需要毁灭它。就像我教我儿做竹流马一样，倘若有人发现其中奥妙，或者可能给自己带来灭顶之灾，就要毫不犹豫地毁灭它。"

马母心想，难道他也有一根可以爆裂的竹竿吗？

余氏也抬头往上看，说道："夫君以前跟我说过，这里有自毁的机关，但是我从来没有见到过。"

马太老爷道："他都从来没有见到过。我从未告诉过其他人。我儿聪慧啊，知道我设计机关的习惯，猜到这里留了自毁的机关。"他微笑起来，似乎为这样聪慧的儿子感到骄傲。

马母想起公输苒苒的话，机关就是人心。马太老爷以前做事喜欢留一手，难怪要将机关留一个自毁的预备。

明傀说道："公输姑娘也跟我说，这里的机关必定可以自毁。但是时间仓促，她没有发现自毁的机关。"

马太老爷瞥了一眼公输姑娘倒下的地方，叹道："她本是极有天赋的墨者，可惜跟错了人。”

明傀不服气道：“成王败寇。失败便是跟错了人，成功便是跟对了。”

马太老爷道：“她能看出我留有自毁机关，已经非常了不得。但她是心善之人，跟随你多年，只因为你赎了她的身，从来不管对错，不管成败。像她这样心善的人，又怎么能猜出我这种抛家弃妻的人的心思？”马太老爷说话的语气中带着几分自嘲的意味。

马母觉得他说得太对了。机关即人心，可是有些事情善人从来不想，恶人却动了心思。善人从来不做，恶人却驾轻就熟。善人如何能猜到恶人的心思？公输冉苒即使再聪明，也是斗不过马太老爷和孛罗帖木儿将军他们的。

马太老爷转身看向那对灯笼，说道：“自毁机关就在灯笼之上。那里有数十桶火油，只要打开机关，火油就会顺着槽道流到各处，再将灯笼取下，点燃火油，就能将这些木质机关焚烧殆尽。不仅这地下机关会烧毁，地面的房子也会烧毁。”

明傀大惊，说道：“我们所有人岂不是都要葬身火海？”

马太老爷笑问道：“怎么啦？奎大人？你刚才不是不怕死吗？现在又怕了？”

明傀眼神之中满是惊恐之色，说道：“我宁可成为刀下鬼，也不愿被活活烧死。我当年被扒皮的时候，浑身灼疼如置身火海，即使蒙上了这层猴皮，也常常浸泡在冷水之中才能稍稍缓解。后来寻医，说这是落下的火病。我被这种火病折磨多年，再也不想忍受片刻这种痛苦。马大人，反正都是死，不如你先给我一刀痛快！”

马千秋此时插话道：“奎大人，您不必担忧。马大人既然考虑过自毁机关，就必然考虑过自毁机关的时候如何自保。您不会死，更不会被火油烧死。”

马太老爷看着马千秋，迟疑片刻，然后笑道：“这位少年郎也不是平庸之辈啊！”

余氏给了那个马千秋一个眼色。马千秋退到她身后，不再言语。

马太老爷的目光越过余氏，看着那个人说道：“你说得不错。我自然不会在毁掉机关的时候烧死自己。因此，我在制造这些机关的时候，地下的格局跟地上是一样的。第一，当然是为了承受地上墙壁的重量；第二，就是为了点燃火油的时候可以将空间分割开来。”

明傀欣喜道：“这太好了！”

余氏也面露喜色。

马太老爷又道：“可是这机关年久失修，避火的空间已经不够严密，有一处已经破损。纵使我们都躲进去，恐怕也只能保住最里面的那个人。”

听到这话，余氏脸上的喜色顿时消失了。

这也出乎那个马千秋的意料，他看了看面前的几个人。马母猜测他是在想究竟应该保住谁。

明傀扫了一眼地上的尸体，说道：“这个还不简单？把他们弄进去，堵住破损的地方，不就可以了？”

马太老爷摇头道：“破损的位置比较高，这火油一烧起来，十个人堵都堵不住。何况这些尸体不会自己站起来帮你。”

那个马千秋说话了：“既然这样，就保余夫人吧。”

马太老爷又将马千秋上上下下打量了一番，说道：“你不怕死？还是这样活活烧死？”

那个马千秋道：“马太老爷别忘了，我可以将皮扒下来，披上马大人的皮，还有什么不敢的？”

明傀惊慌道：“不！不！我不要再遭受这种折磨！我宁可你们杀了我，或者让安将军的人杀了我！我也不要被火油烧死！要不这样，我和马太老爷向安将军屈服！你们不是从那个机关里下来的吗？从那里再上去就是了！”

马千秋道：“如果我们上去，巨子就保不住了。我如果一直被困在机关里，迟早会露馅儿。马家还是会落下满门抄斩的罪名。”

马母想起马千秋忍不住出来偷吃她的饭的情景。他能支撑到现在，马母已经十分惊讶了。

“那也比活活烧死强！”明傀吼道。

这时，上面传来一阵剧烈的震动声，如同有人在击打一面巨大的鼓。

一阵灰土从头顶上撒了下来，呛得他们咳嗽不已。

“怎么回事？”明傀抹了一把脸上的灰土，抬头问道。

余氏道：“他们应该是在拆房子了。”

“拆房子？拆房子干什么？”明傀问道。

“安生知道了这房子是多宝格一样的机关，害怕我们从别的地方逃走，所以捉拿我们之前，必定先将房子拆掉。”余氏说道。

接着，上面传来一声巨响，震耳欲聋。

这下他们都听清楚了，这是墙被推倒的声音。

滚轮所在的地方发出嘎嘎嘎的声音，有些承受不住上面撞击的力量。那对灯笼剧烈摇晃，里面的灯火摇曳，随时可能熄灭。

众人惊慌的时候，明傀却露出了笑脸。

“这样埋掉也挺好，总比烧死强。”明傀张开双手去接落下的尘土，“来吧，来吧！公输姑娘，我们生不能在一起，死却能同穴！多好！”

又一声巨响传来，尘土簌簌地往下掉。

四周的机关吱吱作响，仿佛里面有无数被压住的老鼠在痛苦叫唤。

马母也被灰尘呛得咳嗽，可是这时候他们听不见她咳嗽的声音。她抬起手来准备拍打落在额头上的尘土，却感觉到一滴雨落在了手背上。

下雨了吗？不可能的。这里还没有塌陷呢。她翘首看了看，又将鼻子凑到手背上闻了闻。

她闻到了火油的气味。

火油已经漏出来了。

马太老爷也闻到了火油的气味，大喊道："火油漏了！快往那边走！"他将余氏和马千秋往南面一个"房间"里推。那里应该就是可以避火的空间。

明傀已经爬到公输苒苒的尸体边，与她并排躺下。掉落的灰土盖在脸上，他也不擦去，仿佛此时的他已经是一具僵硬的尸体。

马母猫着腰往明傀那边跑去，此时她顾不得自己是否会暴露了。

马母来到明傀身边，抓住明傀用力摇晃，喊道："这里危险！快躲进去！"

明傀本来已经闭上了眼睛，被她一摇，睁开眼来。他看到蹲在他身边的人是马母，露出讶异之色，很快又恢复平静，说道："原来你也在这里！我早该想到的。说这些有什么用呢？你不用管我，我就待在这里。"

马母道："你不怕被烧死吗？"

明傀不以为然："这不是要塌掉了吗？怎么会烧死我？"

马母将手上的火油伸到他鼻子前："你闻闻，这是火油！火油漏下来了！你看他们躲到那边去了，肯定是要点燃火油！快跟他们进去！"

明傀听说要点燃火油，坐了起来，连滚带爬往可以避火的方向逃跑。

马母拽住公输苒苒的手，将她往同样的方向拖。

明傀回头看了一眼，感觉不可理喻，喊道："快走啊！你还拖着她干什么？"

马母仍然拖着她往前艰难行进，大声道："你不是要跟她生则同床，死则同穴吗？你不管她了啊？"

明傀哭丧着脸道："好死不如赖活着。要是必须死，我当然愿意死则同穴；如果能活，就别让她拖累我们！"

马母愣住了。

她早该知道明傀是这种人的。

她以前听儿子马千秋说过关于明傀的一件事。据说明傀还在工部任职的时候，曾有一位十分要好的同僚朋友，简直亲如兄弟。不幸的是，他的朋友因差事去治理黄河水灾时溺水而亡。明傀收到消息后号啕大哭，几日内形销骨立，不成人样。人人皆以为他恨不能共赴黄泉。数日之后，明傀发现他的书房有一处地板上出现了一摊水渍。下人打扫干净之后，水渍又会出现。天天如此。于是有人说，那位故去的朋友感动了，所以回来看他。他听到这个传闻，吓了一跳，听说鬼怕恶人，他便对着总有水渍的地方大骂一通。骂的话大约是既然是好友，死了就不要来吓他之类的。自那之后，那摊水渍消失了。

这时，已经躲起来的马太老爷看到了马母。他跑了出来，不由分说地扯开马母拉着公输苒苒的手，然后将马母拽进避火的空间。

“你怎么在这里？”马太老爷吼道。

余氏抢先回答道：“是我让婆婆先下来的。”

“你让她下来干什么？”马太老爷愤怒道。

马母看着熟悉而又陌生的丈夫，不知道他是为她担忧，还是害怕她看到他的真面目。

马千秋扶住马母，将她往里面推。

马母一把抓住他的手，马千秋轻轻拍了拍她的手背。马母松开了。

明傀缩在角落里，惊慌失措地看着外面如瀑布一样掉落的灰土和碎渣，看着公输苒苒渐渐被灰土和碎渣掩盖，终于忍不住掩面大哭，哭得如鬼嚎一般。

马千秋看着愤怒的马太老爷，冷静道：“点火吧。”

马太老爷道：“不行，我不能点火。我妻子还在这里。我可以烧死自己，但不能烧死她。”

“你不是谁都可以放弃吗？”马千秋问道。

马太老爷看着马母，说道：“是的。但她不行。我当初建起这些机关，不是为了别的，而是为了保护她。”

余氏听到马太老爷的话，问道：“您建起这些机关是为了保护婆婆？”

何止是余氏，马母自己都是一头雾水。怎么是为了我呢？我没来马家之前，这些机关就存在了。

马母不相信马太老爷的话。

马千秋嘴角扯出一丝嘲讽的笑意。显然他也不相信。

唯有缩在角落里的明傀忽然平静了下来，低下了头。他的哭号声一停，大家反而往他那边看去。

马太老爷也看了看明傀，说道：“他是知道的。”

明傀心虚地逃避马太老爷的目光。

马太老爷将目光转向余氏，说道：“在奎大人成为巨子之前，这个位置上坐着的就是你婆婆的父亲。”

“我的父亲曾是巨子？”马母诧异地问道。

马太老爷好像没有听见她说话，继续对余氏说道：“为了不暴露身份，身为巨子的他从未向你婆婆说过墨家的事情。那时候你婆婆尚在闺中，我和奎大人在她家里跟她父亲学习，就如我儿在你们余家一样。她父亲一方面要将巨子之位传下去，另一方面要保护他女儿周全。”

“所以奎大人选择了继承巨子之位，您选择了师父的女儿？”余氏问道。

马太老爷道：“应该是相互选择吧，就像你当初选择了马千秋一样。我和奎大人做好选择之后，师父便留我在身边，将奎大人藏在隐秘处。所以你婆婆那时与我相见的时候多，却不知道奎大人也是她父亲的徒弟。你婆婆自小就在我师父的保护之下，虽然有很多明枪暗箭，但都被师父挡住或者化解。她嫁到我们马家之后，就会失去师父的庇护。因此，我在娶她进门之前，就偷偷改造这里的每一间房子，使得所有想要暗算她的人都无法得逞或者不敢进来。同样，我也不能让她知道这一切。”

明傀似乎不愿旧事重提，喊道：“都这个时候了，还说这些干什么？”

马太老爷道：“就是因为大火就要烧死我们了，我才要将这些说出来。”

马母想起来了。她嫁入马家的那天，父亲将一把伞交给她的新婚丈夫，郑重其事地说道：“以后，你要代我为她撑伞，为她遮风挡雨，让她安安稳稳度过一生。你要代我照顾她周全，周全到最好让她不知道这世上还有雨这种东西的存在。”

那时候，她以为父亲说这番话只是要她的丈夫好好照顾她，以为伞只代表普通的象征意义。听了丈夫刚才说的话，她才知道，那把伞就是用来触发机关的，父亲不但知道背后的真相，还是亲手策划的幕后人。

马太老爷转过身，对马母说道：“抱歉，这个时候才告诉你。”

马母一时间有好多话要说，却一个字都说不出来。

马太老爷见马母不言语，苦笑道：“我知道你不会原谅我的。但希望你没有那么恨我。”

说完，马太老爷摸出一把小刀，刀身沾满了火油。他一扬手，小刀飞向灯笼。

小刀划破了灯笼，碰到了灯火，刀身点燃，将灯笼里的火焰带到了灯笼布罩上。灯笼着了火，将悬挂它的绳子烧断了。

灯笼掉下。地上的火油被点着，腾起一人高的火焰，仿佛那里本来趴着一个火人，此时突然跳了起来。

“我想好了，只能保一个人，那我就保你。”马太老爷笑了。

那团火焰很快蔓延开来，火焰将顶上的木质结构烧坏，导致火油泄漏得更加严重。火上浇油，火焰越来越猛烈。

马母被火焰烤得脸上发烫，眼睛干涩。

明傀上蹿下跳，恐惧使得他更像一只猴子。

“快把这身竹片脱下来，谁让你穿这个的？很容易被点燃的。”马太老爷伸手要将马母的竹片衣盔解下。

余氏上前来，说道：“这竹片衣盔可以保婆婆的命。这是夫君在藤甲的基础上研制出来的，竹片用特殊草药水浸泡过，不但可以抵挡刀枪，还不惧火。”

马太老爷惊喜不已，抓住其中一块竹片看了又看，不太相信。他捡起一根掉落下来的小木条，伸到火中蘸了火油，然后按在竹片上。过了一会儿，竹片没有被引燃。他丢掉小木条，以指头揉捏那块竹片，竹片没有被烧坏。

马太老爷喜道：“这小子够厉害的啊！我做梦都想做出防火的藤甲，当年一直想在藤甲上改进，从未成功过，没想到他把藤甲换成竹片取得成功了！好了！这下可以保住两个人了！你们娘儿俩出去，把我儿千秋找回来！”

马千秋走到近前，说道：“这竹片衣盔不仅仅可以保住她，还能保住这里所有人。”

“哦？”马太老爷狐疑地看着这个马千秋。

明傀急忙爬了过来，抓住竹片衣盔的衣角，将信将疑地问道：“怎么保住我们？这衣服可以装下好几个人吗？”他扯了扯衣角，以为衣服有拉伸的机关，差点把马母拽倒。

马千秋扶住马母，说道：“这里不是有地方坏了吗？可以用这衣服上的竹片将破损的地方补缀起来。这样的话，就不会有火焰进来。我们就会平安无事。”

明傀大喜道：“太好了！太好了！”

马太老爷仍然眉头紧蹙：“既然是刀枪不入，那一时半会儿也拆不下这些竹片。”

余氏站到了马千秋前面，说道：“夫君早就发现这个空间与其他空间不同，并且发现了防火材料，因此猜到您的自毁方式一定是以火烧毁，但不知道是以何种方式放火。防火材料是在破损处发现的，所以夫君早就考虑到补缀，将这件竹片衣盔的组合方式进行了改变。我让婆婆下来，就是为了带这些竹片下来。”说着，她将手伸到马母的后脖处，轻轻扣了一下。

马母听到类似铜铃被敲了一下的“叮”的一声，瞬间感到身上松快了许多。

身上的竹片如同秋天的落叶一般掉了下来。

马千秋捡起其中一片，却拉起了一串。

原来竹片虽然能散开，但还是以串状连接在一起。

马太老爷眉头仍然紧蹙，说道：“纵然这竹片能拆开，又怎么补缀上去？”

马千秋走到一面墙前，将串状的竹片往墙上一放，再松开来，竹片居然没有掉下。

马太老爷大吃一惊，疾步奔至墙边，用手一摸，大笑道：“原来是用燕尾榫的方式连接在一起！我儿未雨绸缪，已在这里留下了连接的机关！”

接着，马千秋用同样的方式将其他串状竹片补缀在墙上。

外面的火焰越来越大，呼呼作响。

马太老爷走到这个空间的门口，轻轻一跃，一只手抓住门楣，另一只手往门楣上拍去。

本来只有脚面高的门槛竟然升了起来！很快门槛便与门楣碰撞在一起。

四周一片黑暗，谁也看不见谁，只听到外面噼噼啪啪的燃烧爆裂声。

谁也不说话了。

不一会儿，又一声巨响。接着，马母听到有人痛苦大叫，有人哭爹喊娘。马母猜测，应是地面塌陷了，那些人掉进了火焰里，不然她不会听到这些人的声音。安生带来的人不会料到等了这么久，等来的却是熊熊烈火。

这时，马母听到明傀不停地快速地念起了佛经。身为墨家人的他，此时却开始求佛。

外面的喧嚣比马母想象中的要短很多。呼叫声和力拉崩倒之声很快就消失了。

补缀在墙壁上的竹片微微发红，仿佛一块块炭火，很快又变成了黑色，仿佛炭火尚未充分燃烧就熄灭了。

马母心里明白，房子本身是木头结构，加上隐藏的火油，很快就会烧得干干净净。

“可惜了这么好的机关。”是明傀的声音。

马太老爷的声音回应道：“不可惜。从此我们都是不存在于这世间的人了，要那些还有什么用？”

“我们什么时候出去？”明傀问道。

马千秋回答道：“我这里有一只竹片蝗虫，等它什么时候安静了，我们就可以出去。”

“竹片蝗虫？”明傀问道。

“是的。我在各个地方放了这样的蝗虫。外面只要有动静，就会让它轻微震动。同声相应，我身上这只蝗虫也会轻微震动。等到外面确实没有人了，我们再摸黑出去。”马千秋道。

马母记得下来之前看到许多蝗虫，此时才明白原来是做这个用处的。

余氏补充道：“出去之后，我们先用炭灰将脸抹黑，切莫让人看到我们的脸。”

明傀仍不放心，说道：“纵使我们可以这样出去，但他们明早必定会来检查这里。这个空间还在，我们又不能带走，他们还是会发现有人躲在这里逃脱了。”

马千秋道：“你放心吧。”

余氏接过话头，说道：“就是！把心放到肚子里吧。夫君发现这里的避火材料之后，就跟我说了，倘若有一天不得不用到它，一定要在离开之前往这上面浇水。此材料经过大火一烤，再经冷水一浇，一热一冷，一胀一缩，即会爆裂。”

马太老爷道：“这小子！我所有的准备他都想到了！”

余氏继续说道：“所以我们离开之前，只要取些水浇在这里，他们便不会看到这个避火的空间。”

马母心想，院里就有水井，取水倒是方便。

几人又等待了许久。

明傀不一会儿就问蝗虫还在震动没有。

马千秋不搭理他。

问了好些次，见马千秋不回应，明傀便不问了。

马母见明傀不问，自己倒忍不住问了一句。

马千秋黑暗中摸索着抓住马母的手，将竹片蝗虫塞到她的掌心里。

马母感觉到蝗虫在轻微震动，仿佛它要说什么话，但说不出来，只好不断地挠她的手掌心。

“还在动。”马母说道。

又过了许久，蝗虫忽然没有震动了。

马母赶紧说道：“它没动了。”

马千秋道：“再等一等。”

等了一会儿，蝗虫还是没有动。

马千秋伸过手来，将蝗虫拿了回去，然后说道：“走，我们出去吧！”

马太老爷打开了门，仿佛这是一道从地狱通向人间的门。马母看到了星光，看到了残月，听到了远处忽高忽低的乌鸦叫声。

四周已经烧得面目全非，还有许多地方冒着青烟，看不清太远的地方是什么样，但偶尔能听到轻微的爆裂声。

马母抓了一把灰抹在脸上。其他人也将脸抹黑。

“外面可能还有人，小心一点。”马千秋小声提醒道。

余氏看到马千秋脸上漆黑，忍不住小声笑道：“我们就像夜行人间的鬼一样。”

马千秋道：“世间哪有什么鬼？”

马母心想，他也不信邪吗？

接着，马千秋看了一圈周围，说道："世间本来是有鬼的，但见了人性的恶之后，都躲到地狱去了。"

马太老爷说道："你们先走，往南边一直走，我去水井那边取水来，然后去追你们。"

马母他们几人便先走了。

终　章
千　秋

出了马家，马母发现附近有不少受伤的人躺在地上叫唤，照料的人少得可怜。即使马母他们从那些人身边经过，那些人都没有盘问一句。没人认为他们是从火堆最中心走出来的，因为没人认为还有谁能活着从那里走出来。

那些人把马母他们当作自己人了。

马母按照马太老爷的意思一直往南走，走了一段才发现明傀不见了。

“明傀呢？”马母问道。

余氏平淡道：“他溜了。我看到他偷偷溜走的，假装没有看到。反正他不可能一直跟我们。”

马母想了想，觉得余氏说得对。他跟余氏本就不是同路人。早走晚走，都是要走的。

马千秋问道："我们要不要等一下？"

马母知道他想等马太老爷。

"不要等了。"马母说道。

"啊？"马千秋很意外。

"不能让他跟我们一起走。时间久了，他会发现你就是他儿子的。"马母说道。

"我——"马千秋瞥了一眼余氏。

马母打断他说道："不用装了。现在已经走出来了，不用怕我再露馅儿。你们俩之前一直瞒着我，不就是怕我知道你还没死，在他们面前露出马脚吗？"

"那您也不问问我怎么没有痣吗？"马千秋问道。

马母笑道："你是不是我儿子，并不在于那里有没有痣。你之所以是我儿子，是因为你有那些记忆，有那些习惯，有那样的脾气。你出来给我掖被子，说的话是你小时候我听过的话，被你父亲询问时摸痣时位置那么准确，如此种种，都说明你就是我儿马千秋。唯有一颗痣不存在，又有什么重要的呢？你还曾跟我说过，刺青是一种刑罚，叫墨刑。你既是墨者，自然有办法对付墨刑。"

马千秋激动不已，脸上一会儿绽开笑，一会儿收住笑。

余氏在旁说道："婆婆火眼金睛！你就说出来吧！"

马千秋喜道："娘亲！我就是您的儿子马千秋！因为

害怕您扛不住那些人的轮番考验，我们俩迫不得已商量好了，给您造成我已经不在的假象。这刺青以一种草药热敷，即可暂时消除印记，过些时日又会恢复原样。等我们到了安全无忧的地方，过些时日，您就会看到我的痣了！这些日子让母亲挂念，是儿子不孝！”

马母抓住他的胳膊，仔细看他的眼睛、鼻子，恨不能把他脸上的每一个细节都记在心里，免得下次再看到他的时候又记不清。

“傻孩子，有没有痣没那么重要。娘要的是你，不是那颗痣。”马母双眼噙泪。

余氏看了看来时的路，催促道：“婆婆，既然不等公公了，我们就继续赶路吧。万一有人发现端倪，可能会追过来。”

马母点头，对余氏说道：“当时要不是我错怪你，不是我偷偷去你房外，不是我骑了那根竹竿，就不会让你们受这么多苦。”

“都过去了，就不提了。往后我们可以安生过日子就足够了。”余氏安慰道。

马母道：“这安生日子恐怕没那么容易。明傀跑了，他没得到宝图，必定将我们逃走的消息说出去，让朝廷官兵搜寻我们。”

马千秋道："娘亲不必忧心，我们继续往南方走，听说江西那边有红巾军，与朝廷对抗。我们去了那里，朝廷官兵就无法继续追杀。到了那里，我们安家落户，隐姓埋名。"他走到余氏身边，蹲下来，将耳朵贴在她的肚子上，说道，"再把孩子生下来，种几亩地，养一头牛，打一口井，种一棵桃树，再种一棵梨树。春天来了，桃树上开红的花，梨树上开白的花。如此日复一日，年复一年，岂不快哉！"

余氏将马千秋的脑袋推开，笑道："想得倒美！"

马母脸上的笑僵住了。她曾想在门前种一棵桃树和一棵梨树，与余氏商量过，后来又偷偷问儿子马千秋，他却不赞同，说桃花太艳，梨花太素，又说桃有"逃"的意思，梨有"离"的意思，要种的话不如种枣树。马母问，为什么种枣树？儿子马千秋道，枣者，找也。倘若有一天我找不到你们了，就去种了很多枣树的地方，如果你们找不到我了，就种很多很多枣树。马母半打趣半认真道，我若是找不到你了，我得伤心死，哪有心情种枣树！儿子马千秋道，我即使不在，也不会让您发现，免得让您伤心。

余氏见马母表情异常，问道："婆婆，您怎么啦？"

马母挤出笑，说道："别做梦了。等到了南方再做梦吧。"

余氏道："婆婆说得是。赶路要紧！"

他们一路往南逃，走到湖南的时候余氏生下了孩子，于是停了下来。不久，大元灭亡。最后他们没有去江西，就在孩子生下的地方开了荒，养了牛，打了井，种了树。树是枣树。马母把方圆百里的枣树都买了来，种在屋后的山上。

马母有事无事便去山脚下坐着，一坐就是一天。

终于有一天，一个陌生人来到山脚下，看见马母便号啕大哭。有人路过看见，询问怎么回事。马母称是从远方逃难来的亲人。

马母将他领回家。

数日之后，附近居民便听说那个陌生人病故了，而马家的当家人脸上多了一颗痣。

附近有盗墓贼去盗那病故之人的墓，启开棺材，不见尸首，却见一只白鹤从中飞出，翱翔云端，鸣叫数声，不知去向。

于是，方圆百里传闻那陌生人是仙人，化鹤归去了。

第二年，马夫人生了第二个孩子，后来又生了好几个，总共七个。

听外公说到这里，我才明白他说的老三入了魔道，原来是入了墨道的意思。

原来马家祖先有这样的故事啊！我不禁感慨。

外公道，嗐，哪一辈的人没有故事？哪一个人没有故事？只是有的说出来了，有的没说出来。

马千秋不认这个老三，是不是反对老三成为墨者啊？我问道。

外公说，那是当然了，好不容易逃离出来，自然不愿意后人回到先人走过的路上去。经历过的人总是拦住没有经历过的人，不让后者重蹈覆辙。可是对于没有经历过的人来说，那是一条新奇的路，拦也拦不住的。于是来来回回，兜兜转转，每天发生的事情看似与以往不同，实则都是以往发生过的事情。

那老三后来怎样了？

这是另一个故事了。不过，这个故事没有人说出来。